TAKE
SHOBO

転生伯爵令嬢は麗しの騎士に執愛される

今度こそは幸せになります

吉[illegible]部こみと

MitsuNeko

contents

イラスト／森原八鹿

転生伯爵令嬢は麗しの騎士に執愛される

今度こそは幸せになります

序章

「ねえ、訊《き》いていいかな、ロレッタ。バルディィ子爵はなんと言って君を誑《たぶら》かしたんだい？　自分の方が、僕よりも好条件だとでも言ったのかな？」

婚約者――いや、元婚約者であるランドルフに言われて、ロレッタは一瞬ポカンと呆《ほう》けて相手を見つめてしまった。

目の前には、よく見知った美貌がある。

艶のある黒髪、精悍《せいかん》な顎の輪郭、高く通った鼻梁《びりよう》、切れ長の目の中には、印象的な金の瞳が光っていた。幼い頃からとてもきれいな少年だったが、成長しても男性的な魅力も加味され、見ているだけでドキドキと胸が高鳴ってしまうほどだ。

（……でも、ええと、バルディィ子爵が、わたしを誑《たぶら》かした、ですって……？）

ロレッタは目をパチパチとさせながら、頭の中で彼の台詞《せりふ》を反芻《はんすう》する。あまりに突拍子もない内容に、ランドルフの言った台詞の意味が上滑りして頭に入ってこなかったのだ。

バルディィ子爵とは、ロレッタの友人であるミランダの兄、セドリックのことである。

いうのか。

だが、それだけだ。それ以上の関係はなにもない。

そもそも、セドリックとロレッタが何かあったとして、ランドルフにどういう関係があると
（あなたの方こそ、あの美しいフェリシティ殿下と……）

悲しい事実を思い返し、ロレッタはじわりと込み上げた涙を瞬《まばた》きで散らした。

ロレッタとランドルフは、生まれた時からの許嫁《いいなずけ》だった。両家の母親が親友であり、同じ年に生まれた互いの子を縁づかせれば丁度良い、といった具合の婚約だったが、ロレッタは彼を愛していた。

けれど成長したランドルフが選んだのは、この国の王女であるフェリシティ殿下だった。

王女はその美貌だけなく、才媛としても名高く、何一つ勝てるもののないロレッタは、二人の恋の成就を願って身を引いたのだ。

（それなのに、何故……）

少し腹を立てながら、ロレッタは反論のために口を開く。

「セドリック様は――」

なにを勘違いしているのだ、と誤解を解こうと開いた唇を、大きな手が塞いだ。

驚いて目を上げれば、こちらに覆《おお》い被《かぶ》さるような体勢で、ランドルフが見下ろしている。鮮やかな金の瞳が、一瞬ギラリと光った気がした。

ロレッタはゴクリと唾を呑《の》む。肉食獣に狙いを定められた兎《うさぎ》になった気分だった。

「他の男の名など呼ぶな」

とても静かな声でランドルフが言う。下手をすれば囁《ささや》きのようなその声が、かえって恐ろしかった。

ロレッタはベッドにペタリと尻を突き、身を縮ませて彼を見上げる。剝《む》き出しだった秘所がようやく隠れてホッとしたのも束《つか》の間《ま》、口を塞いでいたランドルフの手にガシッと顎を掴《つか》まれ、痛みに顔を顰《しか》めた。

(なにを――)

するつもりかと思った瞬間、唇に柔らかいものが触れる。

度肝を抜かれるとはこのことだろう。

ロレッタは唖然《あぜん》として目の前の光景を見た。焦点が合わないほど近くに、ランドルフの顔があった。黒い眉は凛々《りり》しく、伏せられた睫毛《まつげ》は男の人だと言うのに長い。

こんなにも近くにこれらが見える理由は、彼が顔を近づけているからだ。

(――え? わたし、今……キ、キスを……)

ロレッタが状況を正確に把握するより早く、ランドルフが動いた。

角度を変えてロレッタの唇を食《は》みながら、呆然《ぼうぜん》としているせいで半開きになっている歯列をこじ開けるようにして、舌を入れ込んできたのだ。

「――ッ！　ん、うぅっ！」

他人の舌が自分の口内に侵入するなどという事態に、ロレッタは仰天して呻《うめ》き声《ごえ》を上げた。

異物が侵入したことへの防衛本能からか、咄嗟《とっさ》にそれを噛《か》みそうになったが、その直前で顎を掴んでいたランドルフの手に力が籠《こも》って事なきを得た。

彼の舌を噛まなくて良かったとホッとしたものの、すぐに口の中で彼の舌が暴れ出したので、再び目を白黒させることになる。

肉厚の舌は文字通り彼女の口内を蹂躙《じゅうりん》した。

歯列をなぞり、上顎を擽《くすぐ》ったかと思うと、逃げ惑うロレッタの舌を追いかけ回して絡みつき、目が回るほどに甚振《いたぶ》られた。

ロレッタは呼吸すらままならず、飲み込めない唾液を口の端から零《こぼ》しながら、空気を求めて顔を左右に振る。彼の唇から逃れなければ、呼吸をさせてもらえないと思ったのだ。

だがその動きも、顎を掴むランドルフの手に邪魔される。

（――あ、だめ……視界が霞《かす》んで……）

執拗《しつよう》な彼の唇が離れることはなく、ロレッタは息ができないまま意識が遠のいていくのを感じた。

「――ロレッタ？」

遠くで自分の名を呼ぶランドルフの声が聞こえる。

だが、いろいろと予想外の事態に、心も身体も限界だった。もう全部どうでもいいからどこかへ逃げてしまいたい。

「ロレッタ！　おい、しっかりしろ！」

焦ったようなランドルフの声に、少しだけいい気味だと思いながら、ロレッタはアッサリと意識を手離したのだった。

第一章　不思議な秘密のお話をいたしましょう

フィール伯爵邸の客間の一つに、真っ白なドレスが飾られている。

今流行《はや》りのエンパイア風のドレスは、胸元が大きく開きつつも、古代の女神たちのような気品を保ったデザインで、スカート部分の二重のレースに施された金糸の刺繍《ししゅう》が華やかだ。

手間暇をかけて作り込まれたことが見て取れるこのドレスは、フィール伯爵が目に入れても痛くないほど可愛《かわい》がっている一人娘、ロレッタ・マリーのために仕立てたものである。

ロレッタは誰もいないその客間で一人、うっとりとドレスを眺めていた。

（……このドレスを着て、ランドルフにエスコートしてもらうんだわ……）

ここ数年は手紙のやり取りこそすれ、姿を見ていない婚約者のことを思い浮かべて、ロレッタは顔を綻《ほころ》ばせる。

久々に会ったロレッタに、そして着飾った姿を見て、彼はなんと言うだろうか？

（……『素敵だよ？』とか？　『きれいになったね、ロレッタ』とか？）

あの左右対称の美しい顔でそんな台詞を言われたら、きっと嬉《うれ》しくて恥ずかしくて、顔が真っ赤になってしまいそうだ。

想像しただけで赤面してしまって、ロレッタはパタパタと両手で自分の顔を扇《あお》ぐ。

「もう！　想像でこんな調子じゃ、本物に会った時にまた失敗しちゃうわ、しっかりしなさい、ロレッタ！」

小声で自分を叱咤《しった》しつつ、ドレスの生地の手触りを確かめるように指でなぞる。

「ランドルフに早く会いたいな……」

そう独りごちて、ロレッタは苦笑した。

今世《いま》も前世《むかし》も、自分は似たようなことばかり考えている。

唐突だが、フィール伯爵令嬢、ロレッタ・マリー・フィールには、前世の記憶というものがある。

前世――すなわち、今の人生が始まる前、別の人間であった時のことだ。

無論、こんな話、誰かに喋《しゃべ》れば気が触れていると思われるのがオチである。ロレッタは凡庸だが、それなりに弁《わきま》えた人間であるから、誰にもこの秘密を話したことはない。

（……でも、いつか、ランドルフにはこの秘密を打ち明けてみたい）

ロレッタがそう思うのは、当たり前だが、彼が彼女にとって特別な人間だからだ。

ランドルフ・ジョージ・チャールズ・ナイロは、親同士が決めたロレッタの婚約者だ。

二人の婚約は、ロレッタの母親とランドルフの母親が親友で、同じ年に生まれた互いの娘と息子を婚約させてはどうかという、面白半分のお喋りから出た話だった。

だがよくよく考えれば、身分も財力も釣り合いの取れたフィール伯爵家とナイロ侯爵家との縁組は、両家にとって都合がよく好ましいものだったため、冗談を実行することになったというわけだ。

だから二人はほぼ生まれてすぐに婚約し、母親同士の繋《つな》がりから、幼い頃から頻繁に顔を合わせる幼馴染《おさななじみ》として育ったのだ。

ランドルフは、父侯爵譲りの艶《つや》やかな黒髪に、凛々しく美しい顔をした男の子だった。ロレッタは今も昔も、ランドルフが世界一恰好《かっこう》良《よ》いと思っている。

物心ついた時には既に彼に恋をしていたし、将来旦那様になるランドルフだから、誰にも言ったことのない秘密を打ち明けたいと思うのは自然なことだろう。

だが、ロレッタがこのちょっとおかしな秘密を彼に打ち明けたいのは、もう一つ別の理由があった。

それは彼女の秘密――前世に関わりのあることだ。

前世の記憶は、生まれた時から持っていたものでない。ロレッタが十歳の時、それは突然、蘇《よみがえ》った。

あまり詳しくは覚えていないのだが、ランドルフと遊んでいて、急に倒れたらしい。そのまま熱を出し、目が覚めた時にはベッドに寝かされていて、丸二日間眠っていたことを知った。

母の話では、眠っている間ずっとうなされていたそうで、ずいぶんと心配をかけてしまったようだった。

この眠っている間に見ていた夢が、前世の記憶だったのだ。

そんなものはただの夢だ、と言われてしまえばそれまでなのだが、ロレッタにはそれがかつての自分の記憶なのだという確信があった。

夢の中での感触や感情が、あまりにも生々しかったからだ。

夢に出てきたのは断片的な記憶で、詳細なことは分からない。

ただ、ロレッタは『ユリエ』という名で呼ばれていて、愛する男性がいたということだけは、はっきりとしていた。その人の名前は『ロイ』と言って、二人は恋人同士だった。二人で寄り添い、笑い合い、キスをする——見ている方まで嬉しくなるような幸せな光景は、瞬きの後に、血みどろの凄惨な場面に取って代わる。

ユリエは腹部に大きな刺し傷があった。ドクドクと血を流すその場所を片手で押さえながら、彼女はもう片方の手を伸ばす。

『……ロイ……』

彼女の手の先には、背中を切られ、彼女と同様に血みどろで床に這《は》いつくばるロイの姿があった。

彼もまた、ユリエに向けて震える手を伸ばしている。彼らの命がもうわずかも残っていないことは見て取れた。最期の最期まで、彼らは寄り添おうとしていたのだ。

手と手が触れ合う。力なく握り合って、彼らはその場に崩れ落ちた。

『ユリ……エ、来世でも、どうか、共に……』

ロイが切れ切れに言葉を紡ぐ。その声はかすれ、囁き程度の小ささだったけれど、ユリエにはしっかり聞こえていた。彼女は微笑《ほほえ》んで頷《うなず》いた。

『うん……ロイ……。幾度、生まれ変わろうと……』

——我々の魂は、常に共に——

そう呟《つぶや》いて、二人は同時にこと切れた。

その記憶を夢で再現していたロレッタは、散々うなされ、泣きながら目を覚まし、両親をひどく心配させることになったというわけである。

ロレッタの前世であるユリエは、恋人であるロイと、なんらかの事情で結ばれなかったのだろう。あの凄惨《せいさん》な光景から察するに、もしかしたら戦争などがあったのかもしれない。

ともあれ、非業の死を遂げた二人は、来世でもまた結ばれることを誓ったのだ。

(私は、ユリエの生まれ変わり……。そして、ロイは……!)

あの時の二人の誓いは成就したのだ。

夢の中の自分たちの非業の死を嘆きつつ、ロレッタは歓喜していた。

なぜなら、ロイはランドルフとして生まれ変わっていたからだ。

姿形は、ランドルフとロイは似ていない。考えてみれば、親の遺伝子を受け継いで生まれてくるのだから、似ている方がおかしい。ちなみに、ユリエの顔は見たことはない。これまで夢にユリエが鏡を見るシーンは出てきていないため、顔を知らないのだ。けれど多分、ランドルフと同様に今の姿とは違うのだろう。

けれど、ロレッタには分かった。ランドルフは、ロイの生まれ変わりだ。魂が同じだと感じるのだ。ロレッタが生まれた時からランドルフを愛しているのも、彼がロイで、ロレッタがユリエだからなのだ。

ほぼ同時期に生まれ、親が決めたとはいえ生まれた時からの婚約者同士。まさに今世で結ばれるための、完璧な状況だ。

(わたし達は、今世で結ばれるために生まれ変わったのね……！)

そう思うと、これまでも特別だと思っていたランドルフの存在が、もっと特別で愛《いと》しいものに思えた。

きっとランドルフにとっての自分もそうなのだろうと思えて、胸が熱くなるほど感動し、この奇跡を噛《か》み締《し》めたのだ。

けれど、ロレッタは前世の話を未《いま》だにランドルフに言ったことはない。

その理由はふたつあった。

一つは、ランドルフに前世の記憶があるか分からなかったからだ。

ロレッタだって、熱を出してうなされて初めて、前世の夢を見たのだから。

彼の記憶がまだ蘇っていない可能性は充分にある。

記憶がない状況でこの話をすれば、きっと奇妙に思われるのは間違いない。

（わたしだって、記憶がないまま、ランドルフから前世の話をされたら、多分心配になってしまうわ……）

ランドルフがどうかしてしまったのだろうかと思うだろう。

これは互いに記憶があって初めて理解し合える話なのだ。

そして二つには、ちょうど同時期に、ランドルフが王都の寄宿学校に入学したためだ。

母親同士の仲の良さから、しょっちゅう会っていたのが、年に一度会えるかどうかになってしまった。

ちょうど思春期に突入する時期でもあったため、二人の間にこれまでなかった距離ができ始めたのは、仕方のないことだったのかもしれない。

幼い頃からの気心の知れた仲であるとはいえ、距離ができてしまうと、こんな突拍子もない話をするのはさすがに気が引ける。

この二つの理由から、ロレッタは自分の秘密の話をすることができないでいるのだ。

（……でも、今年こそ、ランドルフに伝えてみよう！）

ロレッタは意気込んでいた。

というのも、彼女は今年で十八歳になる。この国で成人とみなされ、結婚を許される年だ。そしてなにより、貴族の娘の憧れである社交界デビューの年なのである。

（やっと、ランドルフに会えるんだわ！）

そう思うだけで、ロレッタの胸が嬉しさで膨らむ。

「あら、ロレッタったら、またドレスを見ているの？」

不意に声がかかって振り返ると、部屋の入口の開いたドアの前に、苦笑を浮かべた母の姿があった。いつもは美しく結い上げているロレッタと同じ艶やかな巻き毛を、今は肩に下ろして三つ編みにしている。もう四十を過ぎて久しいフィール伯爵夫人は、若い頃は社交界の花と呼ばれた美貌の人で、今もなおその美しさには陰りが見えない。

美女で有名な母の娘であるのに、残念なことに、ロレッタは髪や肌、瞳の色こそ母に似たが、顔の造作は父にそっくりだった。父は決して不細工ではない。整った作りをしているのだが、全体的にこぢんまりとしていて、薄い印象なのである。

両親の遺伝をそんな形で受け継いだロレッタは、髪の色と瞳の色だけは鮮やかな、地味な顔立ちの娘なのである。

「お母様。だって、嬉しくって……」

ロレッタが頬《ほお》を染めて言えば、母は分かっているとでも言うように、うんうんと頷く。

「ええ、そうね、やっとランドルフに会えるのですものね。あなたがどれくらい楽しみにしてきたかは分かっているつもりよ」

母の言葉に、ロレッタは満面の笑みを浮かべて頷いた。

社交界デビューは、デビュタント達がこの国の王に拝謁《はいえつ》する儀式から始まる。

その儀式の際に、デビュタントをエスコートするのは、大抵父親か、或《ある》いは兄や叔父と言った近親者であることが多い。

しかしランドルフとロレッタのように、幼い頃から親の決めた婚約者がいる場合、婚約者同士がエスコートするのが一般的なのである。

ランドルフはとても優秀なようで、飛び級で人より二年早く寄宿学校を卒業した後、王立騎士団に入団を果たし、なんと現在は第二王女であるフェリシティ殿下の近衛騎士を務めているのだ。

ランドルフの父であるナイロ侯爵は王国海軍の将軍であり、嫡子であるランドルフが武官を目指したのはとても納得のいく進路だ。

しかも、王立騎士は難関として知られる職で、退団後も軍部の高官となることが約束された、エリート集団なのである。

父や母から伝え聞く婚約者の活躍に、ロレッタは誇らしい気持ちでいっぱいになった。

(さすがはランドルフだわ……！)

幼い頃から運動神経はずば抜けていたし、とても賢くて、ロレッタの知らないいろんなことを知っている子だった。

ちょっとお転婆《てんば》なのに、どこか抜けているロレッタが窮地《きゅうち》に陥る度に、ランドルフが機転を利かせて助けてくれたことを思い出して、ロレッタはクスッと笑ってしまった。

『ロレッタ！　もう！　君はどうしてそんな危ないことばかりするんだ！』

あれは六つくらいの時だろうか。仔猫《こねこ》を追いかけて木に登ったのはいいものの、高すぎて下りられなくなったロレッタに、ランドルフが叫ぶように言った。

その時の表情が忘れられない。

天使のように愛らしい顔を真っ赤にし、金の瞳に涙を浮かべて怒っていた。

高い場所から降りられなくなって怖い思いをしたのはロレッタの方だと言うのに、ランドルフの方が泣き出しそうだった。

その後、ランドルフが呼びに行ってくれた庭師に助け下ろされたものの、それを知った両親にこっぴどく叱られたのは言うまでもない。

そして何故か、一緒にいたのに止めなかった、とランドルフまで彼の母上に叱られてしまい、それを見て今度はロレッタが泣き出した。

ランドルフはなにも悪くないのに怒られてしまってごめんなさい、と泣きじゃくって謝る彼女に、彼はひどく大人びた笑顔を見せた。

『泣かないで、ロレッタ。僕はなんともない。君が無事ならそれでいいんだ』

そう言ってまだ小さい手でロレッタの涙を拭ってくれたのだ。

ロレッタはランドルフが大好きだったたし、ランドルフもまた彼女へ好意を寄せてくれていた。前世の夢を見る前から、ロレッタは本能で、自分たちが唯一で無二の存在なのだと分かっていたような気がする。

彼が寄宿学校に入学してからは少し疎遠になってしまったが、ロレッタの気持ちはずっと変わらなかった。

ランドルフが好きで、彼と結婚する日を夢見て今日までやってきたのだ。

社交界デビューは、ロレッタとランドルフが結婚できる年齢になった証拠とも言える。夢が叶《かな》うまで、あともう一歩のところまでやってきたのだと思うと、嬉しさで踊り出したいほどだった。

再びうっとりと目の前のドレスに見入る娘に、母がヤレヤレと肩を竦《すく》める。

「さあ、このとびっきり美しいドレスを着て、きれいになったとランドルフに言わせてやらなくてはね。そのためには、ちゃんと寝ておかなくてはダメよ。睡眠不足はお肌の大敵だと教えたでしょう?」

「あっ、そうね、そうだったわ!」

指摘され、ロレッタは両手で頬を覆った。

「王都まで馬車で二日はかかるのだから、今の内にちゃんと寝ておかなくては明日が辛いわよ」

「はい、お母様」

頷き、ロレッタはその部屋を後にした。

ロレッタ達、フィール伯爵一家は、明日、王都へと向かうのだ。

自室のベッドの中に潜り込み、目を閉じながらも思い浮かべるのは愛しいランドルフのことだ。

期待に胸が膨らみ、また興奮してきてしまうのを、深呼吸することでなんとか自制する。

（……ちゃんと眠れるかしら……？）

不安を覚えながらも、生来大らかな気性であるせいか、ロレッタはいつの間にか眠りの世界に誘われていった。

＊　＊　＊

『わたしが聖女だなんて……そんなの、嘘《うそ》よ……！』

ロレッタは嘆きながら啜《すす》り泣《な》いた。

どうしてこんなことに――それればかりが頭の中を巡り、重い悲しみに身が潰れてしまいそうだった。

善いことを行ってきたつもりだった。『情けは人のためならず』と母が教えてくれたように、誰かに善いことをすれば、それは巡り巡って自分に返って来るものだと信じて。

『わたしは奇跡を起こす力なんてないのに！　ただ、知っていたことを実践しただけなのよ！　どうしてみんな分かってくれないの⁉』

そう。元の世界では、常識として知られている、なんてことはない知識だ。

食事を作る時、食べる前、そして排泄《はいせつ》後には必ず手を洗うこと。

溜《た》め池《いけ》や井戸の水は、飲料水として使うには煮沸《しゃふつ》してから使用すること。

怪我《けが》をした際、その傷口は流水で洗い流すこと。

発熱した際に、身体の熱を下げようと冷やすのではなく、汗をかかない程度に温めて上げる方が良いこと。

そういった知識を、皆に教えただけだったのに。

『ニホンでは、子どもでも知っていることよ……！　病気が減って、怪我の治りが早くなるのは、奇跡なんかじゃない、必然なのに……』

自分の言葉に、ロレッタは首を傾《かし》げる。

ニホンとはどこのことだろう。聞いたことのない地名だ。そう疑問を抱く一方で、頭の中では元の世界の名前がニホンだと理解していた。

（……そうだ。わたしは、ニホンからこの世界に飛ばされてきた……）

まるで荒唐無稽《こうとうむけい》な内容に、けれどロレッタはそれが真実なのだと知っている。

絶望に顔を覆おうとした両手を、ガシリと掴む手があった。

『ユリエ、しっかりするんだ！』

ユリエ、と呼びかけられて違和感を覚える。自分の名はロレッタだ。

だがその違和感はすぐに霧散する。

（――そう、わたしは、ユリエ。私の名前は、青山由梨枝《あおやまゆりえ》だ。この世界では、ユリエと呼ばれている……）

自分がロレッタなのか、ユリエなのか、境界線が曖昧になって融《と》けてしまった。

ユリエは自分の手を掴むロイを、涙に濡《ぬ》れた目で見る。

『でも、ロイ……』

自嘲めいた声で言って、またポロポロと涙を流す。

『どうして、どうして、こんなことに……！　わたしはただ、みんなの怪我や病気を早く治るように、知っている知識を教えて回っただけよ……！　それなのに、聖女だなんて！』

最初は良かった。みんなが喜んでくれて、誰かの役に立てたことで、ここでの自分の居場所を見つけたような気になった。

帰る方法はまだ見つかっていなかった。だからユリエはここに自分の存在意義を作らなくてはならないと思っていた。

知識を伝え歩くユリエは、それが良いことにしか繋がらないと信じていた。だからこんなことになるなんて、思いもしていなかった。

王都近郊の村の境界で、流行《はや》り病《やまい》に効く薬を配っていた時だ。王の使者だという軍人が現れ、ユリエを聖女だと宣言した。

『聖女は王のための存在です。その存在を記録し保護しなければ消えゆく儚い奇跡。登城し、王の御前に参られますよう。王の妃《きさき》という地位が用意されています』

さあ喜べ、と言わんばかりに提示されたその内容に、ユリエは仰天して首を横に振った。

冗談ではなかった。

ユリエには愛する人がいた。ロイだ。この世界に飛ばされ、右も左も分からない彼女を拾い、保護してくれた人だった。

彼と離れるなんて絶対にいやだった。この見知らぬ世界に一人飛ばされても気が狂わないでいられるのは、ロイがいてくれたからだ。ロイがいなければ、ユリエはとっくに精神を病んでいる。もしかしたら自ら命を絶ってすらいたかもしれない。

だから王の妃になれなんて、とんでもない話でしかなかった。

だがユリエの返事を、使者は嘲笑して一蹴した。

『痴《し》れ者め。お前に選択権などあるわけがなかろう。これは王命なのだ。逆らうことは許されぬ』

怒りを孕《はら》んだ語気には、敬意など欠片もなかった。それまで形だけでもユリエを『聖女』として扱っていたのに、逆らった途端取り繕うことすらやめたのだろう。

『お前が聖女かどうかなどどうでもいい。そもそも聖女など存在するかどうかも怪しいが、問題はこの勅旨《ちょくし》に書かれてある通り、王がお前をご所望だということのみ。理解したなら、準備をするがいい』

忌々しげにそう言い捨てると、使者は配下を引き連れて出て行った。

『わたしのしてきたことは、間違っていたの……？』

些細《ささい》な病気や怪我で命を落とす人が少しでも減るように——人々のためにと知識を伝えて回った行為は、結果として権力者の意のままに囲われる結果をもたらした。

自分が見知らぬ世界へ飛ばされた理由を探していた。

なければ、作らなくてはと必死だった。そうしなければ、自分の身に起きた理不尽に、いつまでも腹を立て嘆き悲しんでいなくてはならなかっただろう。

自分が何かを成し遂げる使命を持って、この世界にやってきたのだと思っていたかった。

嘆くユリエを、ロイが抱き締めた。

『君は間違っていない。多くの人々を助け、救ってきた君の高邁《こうまい》な精神と活動を、僕は賞賛する。間違っているのは、君の崇高さを利用しようとする、王を始めとした権力者たちだ』

力強く言い切ったロイに、ユリエが涙に濡れた顔を上げる。

その顔を覗《のぞ》き込み、ロイが厳しい表情で言った。

『逃げよう、ユリエ。あの男は王の妃などと言っていたが、王には既に正妃がいる。きっと側妃《そくひ》の一人として召し上げ監視下に置いて、君の知識を利用するつもりだ。僕は、そんなこと、許せない……！』

ユリエはそんなロイの声を初めて聞いた。怒りに満ちた激しい声だった。

彼はいつも穏やかで優しく、怒った顔など見たことがなかったのに。

『君を愛している、ユリエ』

『ロイ……』

呆然と、ユリエはロイの名前を呟く。

それは彼からの初めての愛の言葉だった。これまでずっと、ユリエを助け、導いてくれた人だ。ユリエが自分の恋心に気がついて、それとなく伝えてきたけれど、ロイは「ありがとう」と言うだけで、庇護者《ひごしゃ》としての立場を逸することはなかった。

だから、ロイから愛されているなんて思いもしなかったのだ。

『君がいつか元の世界に帰りたいと願っていることを知っていたから、今まで言わなかった。君がこちらに来たのと同じ奇跡が起こり帰れるとなった時に、君の迷いになりたくなかったんだ。だが、他の誰かに君を奪われるなら、もう我慢はしない。君は僕がもらう。僕についてきてくれるかい？』

こんなひっ迫した事態のさなかだと言うのに、ユリエの胸は歓喜に湧き立った。

ロイの身体に腕を回して抱き締め返すと、力強く頷く。

『もちろんよ！　どこへだってついて行くわ！』

そう答えるユリエに、ロレッタは内心で泡を食った。

「だめぇ！　だめよ！　逃げたりしたら、あの使者たちに殺されてしまうわ！」


自分の金切り声にバチリと目が覚めると、乳姉妹《ちきょうだい》のゾーイの仰天した顔があった。

「あ、あら……？　わたし……？」

「お嬢様！　寝言はせめて小声でお願いします！　びっくりしてしまうじゃないですか！」

ゾーイはロレッタの乳母の娘で、同じお乳を二人で分け合って育った仲だ。

幼い頃から一緒にいるので、他の侍女よりも言葉使いがぞんざいだ。けれどこれはゾーイが無作法なのではなく、一人っ子のロレッタが、ある日突然使用人としての距離を取られ、寂しさに耐え切れず、いつも通りにしてくれと彼女にお願いしたからだ。ゾーイはしぶしぶ、二人きりの時だけならば、と了承してくれたのだ。

「ゾ、ゾーイ……ごめんなさい。夢を見ていたのよ」

モソモソとベッドの上で起き上がりながら謝ると、ゾーイは「そりゃそうですよ」と呆《あき》れたように溜息《ためいき》を吐いた。

「寝言は夢を見ているから言うものでしょう？　夢を見てないで寝言を言う人なんて聞いたことがありませんよ」

「そ、そう言えば、そうね……」

理論的に返されて、ロレッタはなるほど、と納得する。ゾーイはとてもリアリストだ。

「それにしても、殺されるとかなんとか、物騒な寝言でしたね？　どんな夢を見てらしたんですか？」

ロレッタの支度を手伝いながら、ゾーイが訊いてくる。

リアリストの彼女に「前世の夢を見ていました」などと言えるはずもなく、ロレッタは曖昧に笑って肩を竦めた。

「……なんだったかしら。忘れちゃったわ」

するとゾーイは目を丸くしてプフッと噴き出す。

「まったく、お嬢様らしいですね！　さあ、出来上がりです！　いよいよ楽しみにしてらした社交界デビューですね！　王都へは私はご一緒できませんが、上手《うま》くいくように祈っておりますよ！」

最後にロレッタの髪にリボンを結んで、ゾーイがにっこりと笑って言った。

「ありがとう、ゾーイ。がんばるわ！」

乳姉妹の励ましに、自分も笑顔で頷き返しながら、ロレッタは先ほどの夢を振り返る。

（……『聖女』、だなんて。初めて出て来た内容だったわ……）

これまで見た前世の夢は、もっぱら二人の最期の場面ばかりだった。愛し合う二人が血塗《ちまみ》れになって殺されかけながら、来世でまた結ばれることを誓うのだ。

（今日見たのは、きっとその直前の話だわ……。だって、いつもの夢の中と同じ服を着ていたもの）

ユリエが王の側妃になるのを嫌がり、ロイと二人で逃げようとして捕まり殺されたのだろう。

（それに、ユリエは『別の世界』から来た人間だったと言っていたわ。そんなことが本当にあったなんて）

今ロレッタが生きるこの世界にも、別世界から人がやって来る、という話はないわけではない。だがそれは伝承であったり御伽噺《おとぎばなし》であったりするものだ。妖精の国からやって来た王子様やお姫様がこちらの世界の人間と恋に落ちる、あるいは魔女が異世界へ子どもを攫《さら》う、といったような内容で、あまり現実的ではない。

けれど、ユリエはロレッタの前世の自分だ。

だから、それが本当だったことは疑っていない。

夢の中で頭に浮かんだ黒髪でひらべったい顔の女性は、きっとユリエの母なのだろう。ユリエが愛する家族や、それまで慣れ親しんだ環境から引き離されて、一人異世界に飛ばされたことを思うと、ゾッとした。

どれほどの不安と孤独だったろう。

今、優しい家族に囲まれ、何不自由のない生活をしているロレッタがもしその立場なら、寂しさと悲しみ、そして生きる術のなさから、きっと生き残れはしなかったと思う。

だからユリエに尊敬の念を抱くと同時に、ロイの存在の大きさを改めて実感させられた。

（……ユリエにとって、ロイは唯一無二の、救いだったんだわ……）

見知らぬ世界で、それでも絶望せずに生き抜けたのは、彼がいてくれたからだ。

「……それなのに、『聖女』なんて呼ばれるようになってしまったから……」

すっかり物思いに耽《ふけ》っていたロレッタは、考えていたことを口にしてしまっていた。

「はい？　聖女、って仰《おっしゃ》いました？」

ゾーイに訊《たず》ねられ、ハッと我に返って慌てて取り繕う。

「あっ、その、昨日……せ、聖書を読んでいたせいか、聖女様が夢に出て来たのを思い出してしまったのよ！」

苦し紛れの嘘にも、ゾーイは違和感を抱かなかったようで、ロレッタの髪のリボンを直しながらフンフンと頷いた。

「ああ、聖女アナマリ様ですか。その浄化の力で苦しんだ人々を癒《いや》し、紫黒病《しこくびょう》をこの世から一掃したと言われる方ですよね」

「え、ええ！　そう、アナマリ様の夢を見たの！」

「奇跡の聖女様かぁ……でも私、奇跡って信じていないんですよねぇ」

リアリストの彼女らしい発言に、ロレッタは苦笑する。

以前、使用人の中で手先の器用な者がいて、手品を披露してくれたことがあった。目の前にあったコインがなくなって、何故かロレッタのポケットから出てくるという事象に、ロレッタは「魔法だわ！」と叫んだが、ゾーイは「どんな仕掛けなんですか？」と淡々と訊いていたのを思い出す。彼女は全ての物ごとに理屈を見出したい性分なのだ。

「思うんですけど、その聖女アナマリ様の浄化の力とかいうのも、きっと医療技術だったんじゃないですかね」

ゾーイの言葉に、ロレッタは驚いて彼女の方に向き直る。

医療技術――確かに、前世でユリエが人々に伝えたというのも、元の世界では常識である医療知識だった。

「ど、どうして、そう思うの……？」

ロレッタの問いに、ゾーイは肩を竦めた。

「だってアナマリ様の時代って、今から千年以上前じゃないですか。今ほど医療も発達していなかったでしょうから、ちょっとした風邪や怪我で人が簡単に死んでいた頃ですよ。平均寿命も今の半分ほどだったそうですしね。だから、なんらかの医療技術――例えば、病気に対する特効薬の作り方なんかを知っていれば、それはもう奇跡の力って見なされたんじゃないかなって」

スラスラと持論を展開するゾーイに、ロレッタはなるほどと納得しつつ、感心して彼女を見上げる。

「ゾーイは本当にすごいわ。なんて賢いの……」

ロレッタの賞賛の眼差《まなざ》しに、ゾーイはちょっと顔を赤くして唇を尖《とが》らせた。

「またお嬢様はそんなことばかり言って……ともかく、三十年前ならまだしも、医療技術が発展した今では、アナマリ様程度のことじゃ聖女なんて言われませんよって話です！」

照れ隠しなのか、ゾーイは早口で一気にまくしたてると、「道具を片づけてまいります」と言って、洗面用の桶《おけ》や水差しなどを持って部屋を出て行った。

「なんで三十年前……？　ああ、蒸気船ができたからね……」

一人残された自室で、女家庭教師に昔習った知識を思い出しながら、ロレッタはフム、と顎に手をやった。

三十年前に蒸気船が開発されたことで、この王国の世界は一気に開けた。海路がより安全になり、より遠くの大陸をも目指せるようになったのだ。そして西の大陸には、医療技術が驚くほど発展した国――イシャールがあったのだ。医師を目指す多くの若者がイシャールに留学し、その技術をもたらした結果、この国の医療水準は飛躍的に向上した。

（今では当たり前に使われている注射器だって、お母様の子どもの頃には、あり得ない道具だったらしいものね）

そう考えると、ユリエが生きたのが今であったなら、きっとあの悲劇は起きなかったのではないかと思ってしまう。

溜息を吐いたところで、戻ってきたゾーイに急《せ》かされた。

「お嬢様ったら、まだ化粧台《ドレッサー》の前でボーッとしてらして！　旦那様も奥様も、もうダイニングルームでお待ちですよ！　早く行ってください！」

「えっ、あら、本当!?」

慌てて腰を上げると、ゾーイがドレスの裾を直してくれる。

「ホラ、裾が折れて捲《めく》れていますよ！　もう、社交界デビューの時にはしっかりなさってくださいよ！　晴れ舞台なんですからね？」

ドレスの裾が折れてしまわないように立ち振る舞うのが淑女である。所作を美しくすればできるはずらしく、女家庭教師にもよく注意されていたのだが、どうしてかいつも裾が折れてしまうのだ。動きに問題があるのだろう。

「……がんばるわ……」

自分がおっちょこちょいな性格をしていることは充分に自覚しているロレッタは、力なく頷いたのだった。

第二章　婚約者との正しい距離の取り方をご教授ください

社交界デビューのために王都へやって来て数日。

ロレッタは何度も鏡を覗き込んでは、おかしなところがないかを確認する。今着ているドレスは、この間仕立ててもらった白いドレスではなく、年明けに新調した淡いグリーンのものだ。

本当はあの白いドレスを着てランドルフの前に立ちたかったけれど、あれは社交界デビュー用だから仕方ない。王陛下に拝謁する儀式では、デビュタントは白いドレスを着るという約束事があるのだ。

「まあ、そんなに確認しなくたって、わたしの娘は完璧に可愛いわよ」

クスクスと笑いながら言うのは、母だ。

「だって！　ランドルフに会う時は、一番素敵な自分でいたいんだもの！」

「そうは言うけれど、ランドルフが来るまでに、あと一時間はあるわ。その間、ずっと鏡を見ているつもり？」

指摘され、ロレッタはグッと言葉に詰まる。

今日は朝からソワソワしっぱなしだった。晩餐《ばんさん》にランドルフが来てくれると思うと、昨夜もなかなか寝付けなかった。おかげで少し寝坊をしてしまい、母からお小言を言われた。更に起きてからは入念に身支度をしたいものの、ドレスがなかなか決まらず、着替えを三度ほどして侍女たちをうんざりさせてしまった。

「ちょっとは落ち着きなさいな。そんなに落ち着きがないと、ランドルフに呆れられてしまうわよ」

そう言われてしまえば、ぐうの音も出ない。

「もう、お母様はそればっかり……」

「あら。だってあなたにはこの言葉が一番効くじゃない」

ジトリとした娘の視線にも、母はフフフフ、と意味深な笑い声を上げるだけでこたえた様子はない。ランドルフの名前を挙げれば、ロレッタがいうことを聞かざるを得ないのを、母は知っているのだ。

ロレッタが肩を下げた時、ノックの音が聞こえた。

母が許可を出すと、タウンハウスの家令が現れ、腰を折って報告する。

「奥様、ランドルフ・ジョージ・チャールズ・ナイロ様より、先触れの使者が参りました。『約束の時間よりも早めとなりますが、今から伺いたいのですが、よろしいでしょうか』との旨でございます。いかがされますか」

報告の内容に、ロレッタがビンッと背筋を伸ばした理由は言うまでもない。

「あらまあ」

母はクスクスと笑いながら、チラリとロレッタを見た。

「わたしは構わなくてよ。うちのお姫様は……準備万端過ぎて、暇を持て余しているようだから丁度いいわね。『いつでもお待ちしております』とお伝えしなさい」

母の言葉に、家令もまた無表情のまま、チラリとロレッタを見てから「畏《かしこ》まりました」と言って下がっていった。

ロレッタは叫び出しそうになりながら、真っ赤になった顔を両手で覆う。

「おっ、おっ……お母様っ！　ラ、ランドルフが今、今から来るってッ……！」

「あらまあ。落ち着きなさいな。ちょっと誰か、冷たいお水を持ってきてちょうだいな」

パンパンと手を叩《たた》いて侍女を呼びつつ、母がロレッタの顔を覗き込む。

「完璧な淑女になるのもいいけれど、まずはあなたがどれだけ彼に会いたかったかを伝えなくちゃね。男の人というのは、いつだって素直な女性を可愛いと思うものよ」

そう言って、母は長い睫毛を伏せてバチンとウインクをして見せる。

「そういうものかしら」

「そういうものよ。さ、一緒にランドルフに出すお茶の葉を選んで、淹《い》れておきましょう。お茶の葉が開き切った頃に、ちょうど着くでしょうから」

母に優しく手を引かれ、ロレッタは階下へと向かう。母の手の温《ぬく》もりは、いつもロレッタを安心させてくれるものだ。

（……きっと、ユリエもお母様に会いたかったでしょうね……）

元の世界の家族と引き離されたユリエが、可哀《かわい》そうでならない。

優しい両親がいてくれて、愛されているという今の自分の状況は、とても恵まれたものなのだと改めて実感させられた。

（こんなに幸せでいいのかしら……）

ロレッタは母の手を握り返しながら思う。夢で苦境を疑似体験しているせいか、今の自分の幸福がどこか恐ろしく感じてしまった。家族からも切り離され、愛する人とも結ばれることのなかった自分が、優しい両親に何不自由なく育てられ、その上愛するランドルフと結婚できるなんて、こんなうまい話があっていいのだろうか。

そう感じてしまうのは、前世のユリエがあまりにも不運だったからなのかもしれない。

「まあ、ロレッタ。それはティーポットじゃなくてティーカップよ。お茶の葉を直接カップに入れちゃダメじゃないの」

「えっ」

窘《たしな》める母の声にギョッとして、ロレッタは自分が持っているティーカップを凝視する。確かにティーカップで、ティーポットではない。いつの間にか母とお茶を淹れていたらしい。

「もう、本当におっちょこちょいね、あなたは。ともすれば心がどこかへ飛んで行ってしまうクセ、治らないわねぇ」

呆れたように言う母に、ロレッタはしょんぼりと肩を落とす。前世の夢を見るようになってから、それを考え始めると所構わず没頭してしまう悪癖が身についてしまったのだ。

「ちゃんと普段から気をつけないと」

「ごめんなさい……」

母のお説教を聞いている途中で、家令がやって来て告げた。

「奥様、ランドルフ・ジョージ・チャールズ・ナイロ様が到着なさいました」

「あら、良いタイミングだわ」

ちょうど紅茶のポットに茶葉を入れ、お湯を注ごうとしているところだった。

「応接室にお通ししてちょうだい。わたしたちもすぐに行くわ」

「畏まりました」

家令が一礼して去った後、母は顔を赤くしている娘に、やれやれと笑いながら言う。

「さあ、お茶は後で運ばせるとして、行くわよ。いよいよ、あなたの王子様との再会ね！」

「……ええ！」

緊張してはいても、やはり嬉しさが上回る。ロレッタは母に満面の笑みで頷くと、客間へと向かった。

（二年も会えなかったのよ。長かったわ……！　ランドルフは変わっているかしら？　そしてわたしは、以前よりも少しは大人の女性になれているかしら……？）

家令が応接室のドアをノックするのを見ながら、ロレッタはコクリと唾を呑む。

期待と不安が入り混じって、ドキドキと胸が高鳴る。いよいよ、ランドルフに会えるのだ。

ドアが開かれ、母の背中の奥に、背の高い男性の姿が見えた。

（――ッ……！）

ロレッタは言葉もなく、息を詰めた。

そこに立っていたのは、紛れもなくランドルフ――彼女の愛する婚約者だった。

また少し背が伸びたのか、離れていても見上げるほどの高さになっている。

顔は小さく、その中にあるパーツはどれも極上だ。凛々しい眉、切れ長の目、ハッとするほど鮮やかな金色の瞳は、見る者の意識をさらう。スッと通った鼻梁は男らしく、やや厚めの唇は、彼の完璧な美貌をより魅力的に見せていた。

それらが左右対称に配置された造作は、やや酷薄な印象で、教会の天井画に描かれた天使ミカを彷彿《ほうふつ》とさせる。ミカは断罪の天使と呼ばれ、厳格な性格をしているため、絵画や彫刻でも冷たい印象の美貌に描かれることが多いのだ。印象が被るのは、ミカがランドルフと同じ黒髪、金の瞳であるとされているせいもあるのだろう。

久し振りに会った婚約者は、二年前よりもずっと大人っぽく、そして精悍になっていて、ロレッタはポーッとその姿に見惚《みと》れてしまった。

（……ランドルフ、すごく大人っぽくなっているわ……！　それになにか……とても艶っぽくなっている気がするんだけど……？　以前もとても恰好良《かっこう》かったけれど、これほど……なんていうか、色っぽくはなかったはず……）

目の前にいるのは確かに幼馴染《おさななじみ》の婚約者、ランドルフであるはず。

それなのに、何故か知らない男の人のようにも見えて、ロレッタの胸の中にもやっとしたものが生まれた。

「まあ、ロレッタったら！　呆けていないで、婚約者にご挨拶なさい！」

母の声でハッと我に返り、ロレッタは慌ててドレスの裾を摘まんでお辞儀をする。

「お、お久し振りです。ランドルフ」

慌ててカーテシーをしたので、あまりきれいな形にならなかった気がする。顔が熱いから、きっと真っ赤になっているだろう。

（ああ、最悪だわ……！）

思い描いていた再会の場面とは真逆の現実となり、ロレッタは泣きたい気持ちになる。

ランドルフはこんなにも素敵な男性に成長したというのに、自分ときたら、田舎娘のように顔を真っ赤にしている上、挨拶も満足にできないのだ。

恥ずかしくて、情けなくて、お辞儀をして伏せた目を上げることができなかった。

ランドルフの顔を見るのが怖い。ガッカリした表情をされたら、きっと数日は寝込んでしまうほどショックを受けるに違いない。

(どうしよう……恥ずかしい……！)

顔を上げられずに固まっているロレッタの視界に、スッと手が入り込んできた。

骨張った大きな手だった。

「久し振り、ロレッタ。会いたかったよ」

記憶よりも低く、艶《つや》やかな声で名を呼ばれ、ロレッタは弾《はじ》かれたように顔を上げる。いつの間にか近づいていたランドルフが、柔らかな笑顔を浮かべてこちらを見下ろしていた。

「……ランドルフ……」

ロレッタの呟きに、ランドルフがクスッと苦笑めいた笑みを漏らす。

「良かった。名前は忘れられていなかったみたいだ」

「！　そ、そんな……忘れるはずないわ」

思いがけない疑いをかけられ、ロレッタは焦って首を横に振った。

だがランドルフは拗《す》ねたような顔になって、「どうだか」と肩を竦める。

「まるで初めて会う人のように、僕の顔を見ようともしなかったじゃないか」

「そ、それは……！」

無様なところを見せてしまって、恥ずかしさに顔を見られなかったのだと説明しようとして、彼の顔がにやにやと笑っていることに気づいた。

「もうっ！　からかったのね、ランドルフ！　ひどいわ！」

「ははっ、ごめん、ごめん！」

頬を膨らませると、ランドルフはすぐに謝ってから、細めた目でじっとロレッタを見つめてくる。

「しばらく会わない内に君がずいぶんきれいになっていて……その上僕の方をまるで見ようとしないから、なんだか寂しくなってしまったんだ」

「えっ……」

その発言に、ロレッタは目を丸くした。ランドルフが自分と同じようなことを考えて、戸惑っていたのだと分かったからだ。

「でも、変わってなくて安心したよ。ちゃんと、僕のロレッタのままだった」

ニコリ、と微笑むランドルフの顔には、懐かしい少年のおもかげが垣間《かいま》見えた。

それにホッとしたロレッタも、つられてふわりと顔を綻ばせる。

「……わたしも、同じよ……。あなたがあんまり素敵な大人の男性に見えて、なんだか気後れしてしまって、顔を見られなかったの」

ロレッタの笑顔に、今度はランドルフが目を瞠《みは》る。

「ロレッタ……」

お互いに見つめ合い、手を握り合おうとする二人に、パンパンという音が割り込んだ。

「ハイハイ、ここにお母様も、家令のロビンソンもいることも忘れてもらっては困ってよ！」

生ぬるい眼差しをした母が、両手を叩きながら二人を見て言った。

背後には、これまた生ぬるい眼差しをする家令が控えている。

「お、お母様っ」

「これは失礼いたしました」

互いに伸ばした手をサッと引っ込めた二人に、母が呆れたように笑った。

「久々に会うから少し心配したけれど、無用だったようね。素敵な青年になったわね、ランドルフ。お元気そうでなによりだわ」

母からの挨拶に、ランドルフは背筋を伸ばして礼を言う。

「ありがとうございます。伯爵夫人も、相変わらずお美しく……」

「あらまあ、わたしまで褒めてくださってありがとう。ホホ、そんなことが言えるなんて、本当に大人になったのねえ、あなたも」

母にはランドルフの美貌も色気も通用しないのか、手を取って口づけされながらの美辞麗句を軽く受け流す。

（お母様、すごいわ……！）

ロレッタなど、ランドルフの美貌にドギマギしてしまい、直視するのも勇気が要るくらいだったのに。

「まあまあ、若い二人の久々の逢瀬《おうせ》だものね。積もる話もあるだろうから、二人でゆっくり過ごすといいわ。お庭を散策でもしてらっしゃいな。今は中庭の薔薇《ばら》が見頃よ」

「えっ……!?」

いきなり二人きりにしようとする母に戸惑うロレッタをよそに、ランドルフが爽やかな笑顔で頷く。

「それはいいですね。では、お言葉に甘えて……ロレッタ」

「えっ……!?」

腕を差し出され、記憶よりもがっしりとしたそれを見て、ランドルフの顔を見、更には母の顔を見たロレッタに、低い声が囁いた。

「ここのところ忙しくて、花を愛《め》でる機会もなかったんだ。仕事漬けで憐《あわ》れな僕と、一緒に薔薇を見に行っていただけますか?」

そんなふうに言われてしまえば、ロレッタには否やなどない。

「は、はい……!　もちろん……!」

コクコクと頭を振って答えると、ランドルフは嬉しそうに目を細め、ロレッタの手を取ると、そっと自分の肘にかけて「では」と母に会釈し、庭へと向かったのだった。

フィール伯爵家のタウンハウスは、別名を『白薔薇の館』というほど、薔薇が見事なことで有名だ。なんでも、ロレッタの祖母が好きだった花らしく、祖父が妻のために白薔薇をたくさん植えさせた結果らしい。母の言った通り、中庭の薔薇園は今まさに盛りを迎えていた。到着したばかりで、タウンハウスの白薔薇の存在を知らなかったロレッタは、咲き誇る大輪の薔薇たちに歓声を上げる。

「うわぁ！　すごいわ、すごくきれい！　それに、すごくいい匂い！」

顔を輝かせ、薔薇園へ向かって駆けだそうと、ランドルフの腕から手を離しかけると、その上からガシリと手を掴まれて留め置かれた。

「走ると転ぶよ、ロレッタ」

「あっ……」

やんわりと窘《たしな》められて、ロレッタは顔を赤くする。エスコートされている最中なのに、急にその手を離して駆けだすなんて、もちろん淑女としてあるまじき行動だ。

（いやだ、わたしったら……！）

領地では、ガヴァネスに淑女としての立ち振る舞いを学び、ちゃんと合格点を貰《もら》っていたというのに、ランドルフを目の前にしてからというもの、すっかり舞い上がってしまって、これまで必死に身に着けたはずの教養が発揮できていない。

「ごめんなさい……」

こんな状態では、ランドルフに嫌われても仕方ない、としょんぼりして謝ると、ランドルフがクスクスと笑った。

「なにを謝るの？　僕は別に怒っていないよ。そんな顔をしないで、ロレッタ」

「……違うわ。あなたが怒るだなんて、思ってもいないもの」

子どもの頃から優しく穏やかな気性であったランドルフは、滅多《めつた》なことでは怒ったり泣いたりしない。それは幼馴染みである自分がよく分かっている――そう思った時に、ロレッタの脳裏に微《かす》かな違和感が過った。

チラリと見えたような残像は、少年の時のランドルフだった。

その表情は暗く、険しく、自分の知っている彼とは全く違う様子だったので、ロレッタはびっくりして動きを止める。

（――？　今のは、ランドルフ……よね？　怒っているみたいな表情だったわ。わたし、怒らせたことがあったのかしら……）

厳密に言えば、怒らせたことは幾度もある。だが先ほど見た映像のような、険しい顔をさせたことなど一度もなかったと思っていたのに。

「どうかした？　ロレッタ」

「……ねえ、ランドルフ。わたし、これまでにあなたをものすごく怒らせたことって、あったかしら……？」

「え？　唐突な質問だね」

ランドルフは面食らったように笑ったが、いいや、と首を横に振った。

「君に腹を立てたことはなかったと思うよ。心配したことは多々あったけどね」

確かに、お転婆で突拍子もないことをしでかすロレッタを心配するあまり、半泣きで怒るランドルフの顔はよく見た覚えがある。

「そう……そう、よね……」

では今頭に浮かんだ少年ランドルフは、いつの記憶だったのだろうか。

（……あの記憶は、わたしの想像なのかしら？　……いいえ、多分違うわ）

これまで見たことのないはずの画像が頭に浮かぶことには慣れている。前世の記憶がそうだからだ。夢以外にも、例えばユリエの母の顔や、見たことのない建物であったりと、おそらくユリエの記憶であろうものが、唐突に像となって頭の中に浮かぶことがあるのだ。

（でも、逆を言えば、前世以外でそんなことが起こったりしなかったのに……）

あれは確かにランドルフだった。ロイでは、ない。

（……ああ、そうか。ロイの表情によく似ていたんだわ……）

妙に気にかかるのは、何かを睨《にら》みつけているランドルフの顔が、夢の中でのロイの表情と重なって見えたからなのだろう。

ロイの最期の時、ユリエを殺そうとする敵を睨みつけた時の顔だ。

（やっぱり、ランドルフはロイの生まれ変わりなんだわ。造作のまったく異なる二人なのに、表情がここまで酷似するなんて……）

これまでその事実を疑ったことはなかったが、妙に実感が込み上げてくる。

「ロレッタ？　なんだか様子が変だね。大丈夫かい？」

急に黙り込んだロレッタの目を、ランドルフが心配げに覗《のぞ》き込んでくる。

秀麗な美貌が間近になり、ロレッタは仰天して、背を仰《の》け反らせて距離を取った。ランドルフに会えたのはとても嬉しいが、あまりに近すぎると、心臓がバクバクと音を立てるので落ち着かないのだ。

するとランドルフがわずかに眉根を寄せた。

「……僕から距離を取ろうとするのはどうしてか、訊いてもいいかな？」

「えっ」

直球な質問に、ギョッとして顔を上げる。ランドルフはもう笑っていなかった。表情の浮かばない美しい顔は、精巧な人形のようだ。金の瞳だけが炯々《けいけい》と光り、その眼差しでロレッタを真《ま》っ直《す》ぐに射貫いている。ゾク、と何かが背中を駆け降りるのを感じながら、ロレッタは「あの……」と口ごもりつつ、彼の質問の答えを探していた。

（ちゃ、ちゃんと考えるのよ、ロレッタ……！　答えを出さなければ、ランドルフに食べられてしまう……！）

獣ではあるまいし、まともに考えればそんなことがあるわけがない。それでもその金の瞳に凝視されると、自分がヘビに睨まれたカエルになった気分になってしまう。

「……さ、さっきも言ったけれど、あなたが……素敵になりすぎていて、気後れしてしまうの……。なんというか、あなたの美貌は、心臓に悪いというか……！」

ロレッタの答えに、ランドルフがフッと吐息のような忍び笑いを漏らした。その顔にはもういつもの穏やかな笑みが浮かんでいて、彼女を見る眼差しはとても柔らかい。

「ばかだな。それこそ、さっき君が言った通り、僕も同じだよ。でも二人して気後れし合っていては、どんどん距離が開いてしまうよ？　僕たちは結婚するというのに、そんなことでどうするのさ」

「……けっこん……」

言われて、ロレッタは他人事のように鸚鵡《おうむ》返しをした。

「そうだよ。君は僕の妻になるんだよ、ロレッタ」

やや強引な口調で言われて、ロレッタは改めて彼の顔を見つめた。そして次の瞬間、意味をようやく理解して、ボンッと音を立てそうな勢いで赤面する。

「つ、妻……っ！」

これはもしやプロポーズなのではないか。婚約者なのだからプロポーズされても当然なのだが、それでも再会していきなりのこれはあまりにも心構えができていなかった。

混乱するロレッタの頭の中に、ハキハキとした声が雷鳴のように蘇る。

『――どこかに必ずあるはずよ。帰る方法が。わたしは、絶対に諦めない……！』

しなやかで、力強い声だった。信念のこもった声だ。

（ユリエの声だわ……！）

『わたしは、絶対に帰ってみせる！』

頭の中に直接響くような、強烈な声だった。その強烈さに頭痛すら覚えて、ロレッタはこめかみを押さえながら顔を顰める。

確かに彼女は元の世界に帰りたがっていた。それはロレッタも知っている。

だが帰る方法が分からず、それを探す旅を、ロイとしていたのだ。

「『わたしは、絶対に帰ってみせる』……」

物思いに耽ってしまっていたロレッタは、さきほどのユリエの台詞を呟いた。

その瞬間、ガシリと両肩を掴まれてハッとする。

（あっ、しまった！　またわたしったら……！）

前世の記憶に引きずられ、自分の思考の中に沈み込んでしまう悪癖がまた出てしまった。先ほど母にお説教をされたばかりだというのに、と顔を蒼《あお》くさせていると、眦《まなじり》を釣り上げたランドルフの顔が目の前に迫る。

「今、なんと言った？」

「えっ？」

いつにない激しい口調に、ロレッタは戸惑って彼と目を合わせる。

ランドルフの顔は険しく、その金の瞳には焦燥が露《あら》わになっている。

「今なんと言ったんだ、ロレッタ！」

「い、痛っ……！」

掴まれた肩に籠る力が強くなり、ロレッタは痛みに呻き声を上げた。

それにハッとしたようにランドルフは手を離す。

「す、すまない！」

焦ったように謝られたが、急激な態度の変化についていけないロレッタは、戸惑いと怯《おび》えを滲《にじ》ませた目で彼を見上げる。

「ロレッタ……」

なぜかそれを見たランドルフまで泣きそうな顔になって、そっとこちらへ手を伸ばしてきた。

その大きな手に、ロレッタは反射的にビクリと身を竦ませてしまった。

「あっ……！」

そうするべきではなかったと、すぐに気づいた。

だが咄嗟の身体の反応を制御することは難しい。

二人は目を瞠って見つめ合ったまま、凍りついたように固まった。

（どうしよう！　なにか……なにか、言わなくては！）

言い訳めいた言葉を頭の中でこねくり回しながらも、なんと言えばいいのか、なにが正解なのかが分からず、言葉は口から出てこない。ランドルフもまた沈黙したままだ。

焦るロレッタを救ったのは、音もなく現れた家令だった。

「ご歓談のところ失礼いたします。ランドルフ様、王宮よりご使者が参られましたが……」

「……王宮から？」

彫像のようだったランドルフは、家令の言葉にすぐに反応した。眉間に皺《しわ》を寄せつつ振り返る。ロレッタも釣られてそちらへ視線を向けると、家令はその使者を既に連れてきていたようだ。家令の背後には、濃紺の騎士服を纏《まと》った男性が立っていた。

「ユリウス。お前が来たのか」

使者と顔見知りだったのか、ランドルフが気さくに声をかける。

「ということは……またフェリシティ殿下か」

やれやれとでも言いたげなランドルフの台詞から、この使者と言う人は第二王女フェリシティ殿下の使いだと分かった。ランドルフが近衛騎士として仕えている主《あるじ》でもある。

きっとこのユリウスという人は、ランドルフの同僚なのだろう。

「まあね。お前は午後から非番だと説明したんだが、それでも連れて来いの一点張りでね。癇癪《かんしゃく》を起して手に負えないんだよ。悪いとは思ったが……」

すまなそうに肩を上げるユリウスに、ランドルフが深々と溜息を吐いた。

「まったく、あの人は……」

困ったものだ、と言う口調がずいぶん砕けていて、ロレッタは不思議に思う。

あの人というのがフェリシティ殿下を指していることは、なんとなく分かった。

だがそのフェリシティ殿下は、言うまでもなく王女様だ。この国で最も貴ばれなくてはならない王族のお一人で、しかもランドルフの主である。その貴人に対するには、ずいぶんと気安い物言いだな、と感じてしまう。

普段のランドルフが温厚で礼儀正しい人物なだけに、その態度は意外に思えた。

「……仕方ない。殿下の癇癪は起きてしまえば、言う通りにしなければ収まらない」

もう一度溜息を吐きつつそう言ったランドルフに、ユリウスが茶色い頭を下げる。

「ホント、悪い」

「いいさ、気にするな」

同僚に軽く手を振ったランドルフは、クルリと首を巡らせてロレッタを見た。

「ロレッタ。来た早々で申し訳ないが、王宮から急遽《きゅうきょ》お呼びがかかった。今日の晩餐には出席できなくなってしまった」

「……あ」

言われて、ロレッタはようやく状況が飲み込めた。

ランドルフはフェリシティ殿下に呼び出され、これからまた王宮へ向かわなければならないのだ。つまり、晩餐まで一緒にいられると思っていたのに、それが叶わなくなってしまったということだ。

さっきまでの気まずさも忘れ、ロレッタは内心ガッカリしてしまう。

(でも、お仕事だもの……!)

落胆を表に出せば、困るのはランドルフだ。

ロレッタは一生懸命笑顔を作って、気にしていない、と上品に首を振って見せる。

「大丈夫ですわ。両親にはわたしが言っておきます。早くいらっしゃらないと、殿下が待っていらっしゃるのでは?」

ランドルフの同僚の前で、子どもの頃のような口調で話すのは良くないと、少し他人行儀な言葉遣いで答える。

(よ、よし! これは、よくできた答えなのではないかしら?)

王宮勤めする者の婚約者としては、物分かりが良い満点の返答だと自信があったのに、ランドルフの顔がなんだか曇っていることが解せない。

「……ようやく会えたというのに、こんなに慌ただしく中座することになってしまって、本当にすまない」

「いいえ、わたしは全然気にならないから、ランドルフ様もどうか気になさらないで。お仕事ですもの、仕方ないわ」

ランドルフがなおも謝ろうとするので、ロレッタは一層明るい声で言った。

ニコニコとした笑顔も忘れない。

するとランドルフはしばらく沈黙した後、寂しげな微笑を浮かべて「ありがとう」と呟く。

模範的な『婚約者』を演じられたとホッとしたのも束の間、ふと視線を感じて顔を向けると、ユリウスと家令が、なんとも残念な表情でロレッタを見つめていた。

（……えっ。どうして……？）

ちゃんと淑女らしくできたはずなのに、また何かしでかしてしまったのだろうかと焦っていると、ランドルフが優雅な所作でロレッタの右手を取った。そのまま手の甲に唇を押し当てられて、カッと顔に血が上る。

真っ赤になったロレッタの顔を見た金の瞳が、満足げに甘く揺らめいた。

「……またすぐに、ロレッタ」

低い声でそう囁くと、ランドルフはユリウスと共に去って行った。

ロレッタは呆然と彼らの後ろ姿を見送った後、柔らかい感触の残る右手を左手で握り締め、ズルズルとその場にへたり込んだのだった。

＊　＊　＊

ランドルフが晩餐に出席できなくなったことを告げると、父も母も残念そうな顔をしたものの、別段機嫌を損ねる様子はなかった。

「まあ、フェリシティ殿下は風変わりでいらっしゃるみたいだから、お傍《そば》付きになると大変だろうねぇ。『美貌の奇人』と呼ばれているくらいだから、周囲はずいぶんと振り回されているらしいよ」

父がのんびりとそう言ったので、ロレッタはなんとなく訊いてみる。

「風変わりって?」

「うーん、なんと言うか……たいそうな才女だそうだよ。幼い頃からその賢さは抜きん出ておられたらしいが、今や王立大学の教授をもってしても論破されてしまうほどの天才ぶりだという噂だ。その頭脳のせいか、少々行動が突飛なようだね」

「まあ……」

女性なのに、そんなすごい人がいるのか、とロレッタは感心してしまう。

それは母も同様だったようで、紅茶のカップを典雅な手つきでソーサーに戻しながら、驚いたような顔をしている。

「そんなに優秀な方だったら、王子としてお生まれになった方が良かったでしょうにねぇ。勿《もっ》体《たい》ないわ」

母の言葉に、ロレッタは小さく頷いた。

この国での女性の立場はまだまだ低い。貴族であっても女性には爵位の相続権はないし、王位もまた然《しか》りである。女性は妻となり、母となる存在。護《まも》るべきものとして貴ばれはするが、女性が主導で何かを行うということは認められていないのが現状だ。

もちろん王族においても同じで、いくら優秀であっても王女である以上、フェリシティ殿下が、兄弟王子たちのように政治や軍事といった表舞台に立つことはないだろう。

ロレッタの中のユリエとしての記憶が、そこに不満を訴える。

ユリエのいた世界では、女性であっても様々な職に就く権利があったし、もちろん政治や軍事に携わることだってできた。女性であるというだけで制限されるこの国の現状に、違和感を覚えてしまうのだ。

だがそれは、ロレッタが前世の記憶を持ってしまったがゆえだ。母のように「もったいない」と嘆くことはあっても、その理不尽さを指摘しないのが、この国の淑女の典型だろう。

「それはどうかなぁ」

母の言葉に、父が苦笑を浮かべて反論した。

「あら、だって優秀な方なんでしょう？」

柳眉を上げる妻に、父は腕組をして座っていたソファの背《せ》凭《もた》れに身体を預ける。

「フェリシティ殿下は優秀ではあらせられるが、どうも興味があることにしか意識が行かない方のようでね。その興味はもっぱら、この国の古代言語や、古い因習や言い伝えといったものに限られるらしいんだよ。だから国政を担《にな》うには、あまり向いてはおられないんじゃないかな」

「まあ、そうなのね」

確かに古代言語や古い因習、言い伝え、というものは、国政とはあまり関わりがなさそうである。

（……でも、直接は関わりがない知識でも、間接的に役に立つことだってあるでしょうに……）

ユリエの時も、別の世界に飛ばされた彼女を救ったのは、知識だったのだから。

ロレッタはそう思いつつも、口にはせずに紅茶を啜《すす》った。

「まあなんにしろ、お休みの近衛騎士を無理やり呼び出してしまうような王女様だもの。賢くてもそうじゃなくても、お仕えする人は大変でしょうね」

最後は皮肉っぽく締めくくった母に、父は苦い笑みで肩を竦めるだけだ。

この家で一番発言力があるのは母なのである。

父と顔を見合わせて笑い合っていると、母がクルリとこちらを向いた。

「さ、ロレッタ！　あなたもそろそろ着替えないといけない時間よ。晩餐会《ばんさんかい》用のドレスに着替えなさい」

「え？　だって、ランドルフが参加できなくなったから、晩餐会は……」

なくなったのではないのか、と驚いていると、母が呆れたように目を丸くした。

「なに言ってるの！　ランドルフ一人が来られなくたって、他の方々はいらっしゃるわよ！　晩餐会がなくなるはずがないでしょう？」

「え⁉　他の方々⁉」

招いていたのはランドルフだけではなかったのか。

初めて聞く情報に、ロレッタも目を丸くする。

「ラスゴー伯爵一家、ジェイトラスト子爵一家、それにバートリー侯爵未亡人よ。ラスゴー家とジェイトラスト家には、あなたと同じ年ごろのお嬢さんがいらっしゃるの。どちらもあなたより先に社交界デビューを済ませているから、彼女たちからたくさん情報を得ておくのよ！　あと、侯爵未亡人は社交界の重鎮として有名な方だから、くれぐれも失礼のないようにしなさいね！」

腰に手を当てた母が、迫力満点の顔で説明してくるので、ロレッタはコクコクと頷くしかなかった。

＊　＊　＊

その日、フィール伯爵家の晩餐会は、とても和やかな雰囲気の中で行われた。

フィール伯爵自身が非常に穏やかな人であるのも理由の一つだが、招かれた人々もまたとても礼儀正しく温厚な性質であったからだろう。

例外と言えば、社交界の重鎮で、自他ともに厳しいことで有名なバートリー侯爵未亡人の存在もあったが、彼女は礼儀を尊ぶ人には寛大である。晩餐会の間、始終機嫌よく過ごされているようだった。

ロレッタもまた、これまでの淑女教育のおかげで、今のところ失敗せずに食事をすることができており、バートリー侯爵未亡人からもお褒めの言葉をいただいた。

「まあまあ、レディ・ロレッタも、淑女《レディ》と呼んで相応《ふさわ》しい女性でいらっしゃること。お食事の所作も会話も完璧ではないの！　素晴らしいわ！　ええ、ええ、もちろん、ご両親のご教育の賜物《たまもの》ね」

本日参加している令嬢たちが、一人ずつそうやってこの女性に褒められたことで、その両親たちはホッと安堵《あんど》の息を吐いていた。

これで自分たちの娘は今年の社交界で、多大な発言力のある重鎮からお墨付きをいただいたようなものなのだ。最後のデザートが終わり、親たちが食後酒を嗜《たしな》み始めたので、ロレッタは令嬢たちに声をかける。

「我が家の薔薇が花盛りですの。良かったら見に行きませんか？」

その誘いに嬉しそうな顔で頷いたのは、ラスゴー伯爵家の二女ミランダと、そしてジェイトラスト子爵家の長女フローラだ。

「ありがとう。嬉しいわ！　一度見てみたかったの」

「わたしも楽しみだわ。『白薔薇の館』の薔薇園は有名ですものね」

二人とも気立ても心根も良さそうで、初めて会ったばかりだと言うのに、ロレッタはもう彼女たちのことを好きになってしまっていた。

領地では領主の娘という立場から、ロレッタを対等に扱う友人はできなかった。乳姉妹のゾーイとはいつも一緒だったが、それでも使用人と主という立場である。ゾーイが大切な存在であることは確かだけど、彼女は決して友人ではないのだ。

二人を連れ立ってバルコニーに出ようとすると、背後から若い男性の声がした。

「お嬢様方、良かったら僕もご一緒しても？」

声をかけて来たのは、ミランダの兄のセドリックだった。

確か年はロレッタの五つ上の二十三歳だったはずだ。

「まあ、お兄様ったら。女の子たちだけの語らいよ。邪魔をなさらないで」

ミランダが眉を顰めたが、セドリックの方は気にした素振りは見せない。

「そんな邪険にしなくてもいいだろう。ねえ、ミス・フローラ」

優しげな甘い笑みを向けられたフローラが、パッと顔を赤らめた。

「え、ええ……」

それまで如才ない振る舞いだったフローラが、恥ずかしがり屋の少女のように頬を染めて口ごもるのを見て、ロレッタは内心色めき立った。

（……あらまあ！　これは、もしかして、もしかするのかしら？）

セドリックはフローラを優しい眼差しで見つめているし、フローラは真っ赤な顔で俯《うつむ》いている。なんとも甘い雰囲気が二人から漂っていて、巷《ちまた》で人気の恋愛小説を見ているみたいで、ロレッタは他人事だというのにキュンとしてしまった。

「もう、お兄様ったら！　向こうへ行ってらして！」

ミランダは二人の様子に気づいていないのか、プンプンと腹を立てて兄を追い払おうとするので、ロレッタは慌ててそれをいなす。

「あら、いいではないですか。バルディ卿《きよう》も、一緒に参りましょう」

ラスゴー伯爵家の嫡子であるセドリックは、父伯爵の持つ爵位の一つであるバルディ子爵を名乗っている。初対面で男性をファーストネームで呼ぶのは失礼かと思ってそう呼べば、セドリックはニコリと笑った。

「ありがとう、ミス・ロレッタ。どうぞ僕のことはセドリックと呼んでください。――ミス・フローラも」

名前で呼び合うのは、親しい仲だという証拠のようなものだ。最後にしっかりとフローラの名前も付け加えているところが、なんとも分かり易《やす》い。そしてフローラも嬉しそうに「はい」と頷いている。

（なんて素敵なの……！）

どうやらまだ恋人同士というわけではなさそうだが、お互いが好ましく思っていることは明らかだ。恋人未満の甘酸っぱい二人の様子に心の中で拍手喝采をしながら、ロレッタは皆を引き連れて薔薇園へと向かった。

フィール伯爵邸の庭にはいくつもの庭園灯が配置されており、夜の帳《とばり》が下りた後も、薔薇が咲き誇っているのを楽しめるようになっている。

「ああ、なんていい匂い……！」

薔薇園に近づくと漂ってくる芳香に、隣を歩いているミランダが鼻を鳴らしてうっとりと言った。その声に、背後に続くフローラとセドリックも同意の声を上げる。

「薔薇の匂いが濃厚だね」

「すごいわ。こんなに香るなんて」

確かに薔薇園まではもう少し距離があるのに、ここまで香るなんて、とロレッタも驚いた。

「本当だわ」

昼間に来た時はランドルフが一緒だったせいで、緊張して気づかなかったのだろう。

思わず言ったロレッタに、ミランダが目を丸くする。

「まあ、あなたのお家なのに」

「……実は、わたしもこのタウンハウスに来たのは今回が初めてなんです。あ、でも、薔薇園が見頃なのは本当ですから、安心なさって。ちゃんと昼間に観《み》ましたから」

嘘を吐いても仕方ないので正直にバラせば、ミランダがプッと噴き出した。

「あなたって気取らないのね！　ふふ、わたし、そういうの、好きよ！」

ミランダの力の抜けた笑顔に、ロレッタもまた肩の力を抜いて微笑む。

「……本当？　実は、晩餐の間、ずっと緊張していたの。お料理の味もよく覚えていないわ」

ぼやくように言うと、ミランダはクスクスと笑った。

「あらまあ、それは残念ね。メインの子羊のローストが絶品だったのに！　あなたのお家の料理長はとても優秀だわ。でも、我が家の料理長の腕もなかなかよ。特に甘いお菓子が得意だから、良かったら今度お茶にいらして」

「嬉しいわ。是非伺わせてくださいな」

談笑しながら歩いていると、やがて薔薇園へと辿《たど》り着《つ》く。

「わぁ、素敵……！」

ミランダが感嘆の声を上げた。灯にほんのりと薄められた薄闇で、木々の姿は黒い影のように見える。その中で、大輪の薔薇たちがぽっかりと白く浮かび上がる様は、昼の華やかさとはまた違う、幻想的な美しさだった。

「これは見事だなぁ。確かに、『白薔薇の館』と呼ばれるだけはある」

「本当ですわね……」

セドリックとフローラも、目の前に広がる光景を称賛し、薔薇に近づいて花の匂いを嗅いだりしている。

「ミス・ロレッタのおばあ様が白い薔薇がお好きだったんでしたっけ？」

フローラに訊かれ、ロレッタは頷きながら言った。

「わたしのことは、どうぞロレッタと」

「では、わたしもフローラと呼んでくださいな」

「あら、じゃあわたしのことも、ミランダと呼んでね！」

ロレッタとフローラの会話にミランダも入り、三人で顔を見合わせて笑っていると、セドリックが微笑ましそうな顔でこちらを見ていた。

「可愛らしいお嬢さんたちがこうして仲良く喋っていると、なんだか花が咲いたようだね」

「やあね、お兄様ったら、まるでお爺《じい》さんみたいなことを言って！」

兄には何かにつけ反発したいのか、そんな小憎らしいことを言うミランダに、セドリックはヤレヤレと肩を上げる。

「褒めているんだから、素直にありがとうって言っておけばいいのに。お前は本当にあまのじゃくだね」

「だってお兄様のは、なにかこう……とっても年上の人が言うみたいなんだもの。たった四つしか違わないのに」

兄の指摘に、自分でも思い当たる節があったのか、ミランダは気まずげな表情をしたものの、唇を尖らせる。兄妹らしい気の置けない仲の良さに、ロレッタはほんわかとなった。フフッと笑ってしまったのを、セドリックが目敏《めざと》く気づいた。

「ほら、ロレッタに笑われたじゃないか」

「もうっ！　お兄様のせいよ！」

なんだか兄妹喧嘩《げんか》を始めてしまいそうな雰囲気に、ロレッタは慌てて首を横に振る。

「あ、違います！　お二人の兄妹仲の良さに、ちょっと昔を思い出してしまって。わたし達もこんなふうだったなぁって……」

「昔？　わたし達？」

ロレッタが一人っ子であることは、今日の招待客なら知っているため、皆がきょとんとした顔になった。

「あ、その、わたし、生まれた時からの幼馴染がいるんです。彼とは、本当の兄妹みたいに育ったから……」

ロレッタの言葉に、三人は何故か顔を見合わせる。

「……それって、もしかして、ダントン卿のこと……？」

おずおず、といったようにミランダが訊ねてきたので、ロレッタは首肯した。

ダントン卿とは、ランドルフのことだ。セドリック同様、彼もまた嫡子であるため、父親であるナイロ侯爵が持っている爵位の一つであるダントン子爵を名乗っているのである。

「あの……ダントン卿と、婚約しているって、本当？」

そう訊くミランダは妙に緊張した面持ちだ。何故だろう、と不思議に思いつつも頷くと、三人がまた顔を見合わせる。なんだかおかしい空気に、ロレッタは眉根を寄せた。

「あの……ランドルフが、どうかしたの？」

それまで和やかで楽しい雰囲気だったのに、ランドルフの名前が挙がってから、三人の表情が曇ってしまった。

（ランドルフに、何か良くないことが……？）

そう言えば、昼間も王女殿下の申しつけで、急に王城へ戻ることになっていた。緊急事態が発生して、彼が危機に陥っているのではないかと不安になっていると、白い手にそっと手を握られる。いつの間にか俯いてしまっていた顔を上げると、フローラが意を決したような表情でこちらを見ていた。

「あのね、ロレッタ。あなたをいたずらに不安にさせたりしたくないのだけれど……社交界デビューをすれば、否《いや》が応《おう》でも耳に入ってしまうと分かっているの。いきなり聞かされて、人目のある場所でショックを受けてしまうより、先に知っておいた方がいいと思うから、敢《あ》えて言うことにします」

そこで一度言葉を切ると、フローラはギュッとロレッタの手を握り直す。

妙に重々しい雰囲気に、ロレッタは狼狽えながらミランダとセドリックの方を見たが、二人ともフローラと同じく、神妙な表情をしていた。

「あなたの婚約者であるダントン卿には、ある噂があるの」

「う、噂……?」

今から何を言われるのだろうと戦々恐々としつつ、鸚鵡《おうむ》返しをすると、フローラは「ええ」とおもむろに頷く。

「ダントン卿は、主であるフェリシティ王女殿下と恋仲にある、という噂です」

ガン、と後頭部を鈍器で殴られたかのような衝撃を受けた。

(……え? ランドルフが……王女殿下と、恋仲……?)

幼い頃から、自分が彼の隣に立つことを疑ったことがなかった。

前世の記憶が蘇ってからはなおさらだ。自分たちが結ばれるのは、前世からの約束で、お互いに強い絆《きずな》を感じ合っていると信じ切っていた。

「……嘘だわ」

ポツリと口からこぼれ出たのは、そんな言葉だった。ランドルフは、ロイだ。前世でユリエを愛し、守ってくれた人。そしてその最期には、息も絶え絶えになりながらも、血塗れの手を

握り合い、来世でも愛し合い、結ばれることを誓い合った。ユリエのためのロイだった。だから、ロレッタのためのランドルフであるはずだ。

そんな彼が、自分以外の誰かを愛するなんて、そんなことがあるはずがない。

——本当に?

嘲笑《あざわら》う声が聞こえた。誰の声かは分かっている。自分の声だ。見ないフリをしていただけで、本当はずっとずっと、疑いを持っていた。

——前世なんて、本当にあるの? わたしの思い込みなのではないの?

ランドルフが好きだから、自分の願望を真実だと信じたいだけなのではないか。

現に、ランドルフは二年も会えなかったのに、ロレッタと離れても平気そうだった。

(……ずっと、本当は不安だった。会えなくなって、寂しくて、恋しくて、辛かった。いつも一緒にいたかった)

……それなのに、ランドルフは自分から離れてもなんともないどころか、優秀な成績で学校を卒業し、騎士にまでなってしまった。こんなにもランドルフが必要だと思っているのは自分だけで、彼はロレッタがいなくても王都で出世し、王女殿下の護衛騎士にまでなっている。まるでロレッタなど必要ないと言われている気がして、ひどく悲しかった。

(前世が本当なら……彼がロイだったなら、きっと絶対に傍にいてくれたはずなのに)

だが自分の考えていることが、卑屈で子ども染みたものだという自覚もある。

これを口に出してはいけないのだと分かっていたから、ロレッタは考えないように、心の奥底に沈めて蓋《ふた》をしていたのだ。

呆然と否定の言葉を口にするロレッタに、三人は痛ましいものでも見るかのような眼差しを向けた。重い空気の中、その後の説明を引き受けたのはセドリックだった。

「……もちろん、噂だ。その真偽は定かではないし、君とダントン卿の仲を疑っているわけでもない。だが、その噂は実《まこと》しやかに囁かれていて、今や社交界では知らない者はないくらいだ。それが真実なのだと無責任に信じている者も多い。君や君のご両親の耳に入るのは間違いないと思う」

そこまで言われて、ロレッタはようやく彼らの危惧することを理解した。

（そんな噂を知れば、きっとお父様もお母様も怒ってしまうわ……）

ロレッタの両親は一人娘に甘い。父と母も貴族社会において珍しい恋愛結婚だったこともあって、愛の結晶である一人娘をそれはもう溺愛している。

結婚は家同士の繋がりで、政略結婚は当たり前というこの国の貴族社会の中にあっても、きっと父と母は、ロレッタが嫌だと言えば――或いは、ロレッタに相応しくない相手だと判断すれば、一瞬の迷いもなく切り捨てるだろう。

相手が、親友の息子で幼い頃から知っているランドルフであったとしても、だ。

ロレッタという婚約者がいながら、王女殿下と恋仲になってしまうような男であれば、サクッと婚約破棄させてしまうに違いない。そして現在、両親がまだ動いていないことを鑑《かんが》みれば、まだその噂を知らないのかもしれない。

なにしろ基本的に、一家で領地に引きこもっているフィール伯爵家である。

生まれて初めての王都訪問であるロレッタはもちろんのこと、両親とて王都は一年ぶりくらいになるはずで、その噂を知らなくても無理はない。

(お父様たちに知られる前に、どうにかしないと……!)

真っ先に心に浮かんだのがそれで、ロレッタはハッとなった。

自分がランドルフと婚約破棄したくはないと思っているのだと分かったからだ。

それはそうだろう。これまでずっと望んできた相手だ。会えない不安を抱えてはいても、他人から知らされた噂話《うわさばなし》を一つ聞いたからと言って、簡単に消えるはずがないのだ。

「両親に、話をしておかないといけないわ……」

呟いたロレッタに、三人は少しホッとした顔になる。

「そうだね、それが良いと思うよ」

「噂の相手が王女殿下で、ここまで社交界で浸透してしまっているとなれば、王陛下のお耳にも入っている可能性が高いわ。となると、王女殿下の降嫁《こうか》先に、と言う話が出てもおかしくないもの」

頷いたセドリックに続くフローラの言葉に、ロレッタはギョッとした。

当然だがこの国の王が動いてしまえば、それはもう決定事項だ。ランドルフが自分の手の届かない所に行ってしまったのかと、血の気が引く。

「そ、そんな話が出ているの……⁉」

「あ、いえ、出てもおかしくない、というだけよ」

ロレッタの顔色を見て、フローラは焦ったように首を横に振った。

「で、でも、王女殿下は、他国へお嫁に行かれるのでは……？」

そう訊《たず》ねる声が、みっともなく声が震える。動揺しているのが丸分かりだろうと思うと情けなくなるが、動揺するなと言う方が酷というものだ。愛する婚約者の不貞をほのめかされ、しかもその相手がよりによって王女殿下だと教えられたのだから。

（確かに、社交界デビューの場で初めて聞いていたら、大失態を犯していたかも……）

彼らが前もって教えてくれた理由を改めて実感しつつ、心の中で自嘲を漏らしていると、セドリックが難しい顔で言った。

「確かに、我が国では王女殿下が政略結婚として他国へ嫁ぐのが習わしであったけど、それはこの国の王に子が少なかったからだよ」

「あ……」

セドリックの言う通り、確かにこの国の王族は、他国に比べて数が少ない。そういう家系なのか、子どもが生まれにくいのである。出生率を上げるために側妃も迎えるのだが、それでも一人の王に子が二、三人という具合で、側妃が五人いるのに王子が一人だけという王もいたくらいだ。神の采配か、一人は必ず王子が生まれていたため後継ぎ問題が勃発することはなかったが、王女であっても貴重な存在であることには違いない。

そういう理由で、周辺諸国と関係を良好に保つために、歴代の王女たちは皆、他国の王族に嫁いでいるのだ。

（でも、今の王陛下には、お子様がたくさんいらっしゃるから……）

現王には王太子の他に王子が三人、そして王女は四人もいる。既に長女であるマリアンヌ殿下が、この国にとって最も重要な友好国である隣国に嫁がれ、王太子妃として立派にその役目を果たされている。加えて、フェリシティが政略結婚をせずとも、その下に王女はまだ二人残っているから、二女であるフェリシティ殿下には政略結婚を求められない可能性は確かにある。

ランドルフは、建国の時から続く由緒正しいナイロ侯爵家の嫡子だ。その上、本人も最年少で王女殿下の近衛騎士になった優秀な若者なのだ。王陛下が自身の娘婿にと望んでもなんの不思議もない。

状況の理解に至り、ロレッタは改めて蒼褪めた。

「あの、そう気を落とさないで、ロレッタ。まだ、噂が真実かどうかは分からないわ」

気遣わしげに慰めてくれたミランダに、ロレッタは力なく首を振った。

「……ありがとう。でも、どちらにしても、両親の耳に入れば騒ぎになるのは避けられないわ。

皆さんが予《あらかじ》め教えてくださったから、対策が練られそうよ。ありがとう」

蒼褪めながらも、気丈に笑って見せる様子に、三人は痛ましげな表情をしながらも、「何かあれば必ず力になるから」と手を握ってくれたのだった。

＊　＊　＊

晩餐会を終え、客人たちが帰った後、ロレッタは早々に疲れたからと自室へ引き上げた。

両親にランドルフの噂の話をするべきだと分かってはいたが、自分でもまだ混乱している状況では、上手く話せる自信がない。

まずは一度自分でよく考えてからと、先延ばしにすることにした。

風呂を使い、寝る支度を調えてベッドに入ると、領地にあるカントリーハウスの自分のベッドとは違う匂いがして、溜息がこぼれた。

カントリーハウスのベッドは、ラベンダーのサシェが枕の中に仕込まれている。ロレッタが好きな匂いだからと、ゾーイが入れてくれているのだ。

世話焼きの乳姉妹の顔を思い出し、じわりと涙が滲む。

「……ゾーイが一緒に来てくれていたら良かった……」

ポツリと呟いて、そんな甘えたことを言う自分が情けなくなる。

困ったことがあればすぐ誰かを頼ろうとするのは、子どものやることだ。

(ユリエだったら、絶対にこんなことは言わないわ)

前世の自分は、もっとずっとしっかりしていた。誰もいない異世界に飛ばされても、絶対に帰るのだと歯を食いしばって頑張っていた。そして自分が異世界に来た理由が何かあるのではないかと、見知らぬ世界でも自分の存在意義を作ろうと、人々のためになることをしようと必死だった。

元の世界へ帰るつもりなのに、異世界での存在意義を作ろうとするなんて、一見矛盾する行動だ。けれど、そうじゃない。彼女と夢の中で意識を融合させたロレッタだから分かる。

(……ユリエは帰りたがっていたけれど、帰れなくなることを想定していたんだわ)

もう自分がこの世界で生きていかねばならないと、きっと半分諦めながら理解していたのだ。だから、諦めた後に縋《すが》るものを確保しようとしていたのだ。

ユリエは賢く、強かった。どんなに逆境の中にあっても自分の足で立ち、歩くことができていた。

対する自分はどうだ。周囲に甘やかされ、困ったことが起きた時に、自分で対処しようとすらしていない。

「……こんなことじゃ、いけないわね……」

ロレッタはグッと拳を握り、自分を叱咤する。

ユリエと同じ魂を持っているのだと信じるのなら、自分にだってできるはずだ。

考えなくては。自分がどうしたいのか。どうすべきなのか。先ほどゾーイを頼ろうとしたのは、彼女が非常にリアリストだからだ。とても論理的なものの考え方をしているから、彼女なら解決の糸口を見つけられるのではないかと思ったのだ。

「ゾーイなら、どう考えるかしら……？」

ロレッタは目を閉じて想像する。

今日の出来事を話して聞かせたら、ゾーイはどんな反応を示すだろう？

『噂話というのは占いのようなものですよ、お嬢様。当たるも八卦《はっけ》、当たらぬも八卦、というじゃないですか。その噂が本当かもしれないし、そうでないかもしれない。今の段階でまともに信じてはいけません。物事の判断は真偽を確かめてから行わなければ、おそらくは後悔が残る結果になると思います』

人差し指を立てて淡々と説く乳姉妹の顔が思い浮かんで、ロレッタはフッと笑みを吐き出す。

「……ええ、そうね、ゾーイ。その通りだわ」

噂は噂だ。それが実《まこと》しやかに囁かれている以上、両親の耳に入ったときの対策はしておくべきだ。だがそれは自分だけで行うべきではない。

「わたしは……まだ、ランドルフを諦めたくない。諦めるのは、まだ早いはず……」

だって、まだ噂が本当かどうか確かめてもいない。本当にランドルフがフェリシティ王女を愛していて、彼女との人生を望んでいるのであれば――。

そこまで考えて、ロレッタは胸が苦しくなって歯を食いしばる。

（……いやだ。ランドルフが、わたしじゃない、他の誰かを好きだなんて――）

彼が自分以外の人の手を取る姿を想像して、スッと四肢が冷たくなるのが分かった。

いやだ、とロレッタの中の恋心が叫ぶ。

前世でも実らなかった恋だ。想《おも》いを告げ合ったのは殺される直前で、キスすらしたことがなかった。恋人として愛し合うことができないまま、来世で結ばれることを誓ったはずなのに。

現世でようやく愛し合えるようになったと思っていたのに――。

（でもそれは、わたしだけだったのかもしれない……）

前世の記憶が蘇ったのは自分だけで、ランドルフにはないのかもしれない。それならば、ロレッタの感じている深い絆を、彼は感じていないのでないだろうか。

ロレッタは、自分の彼への想いは前世の記憶が蘇る前からあったと思っている。けれど記憶が蘇ったことで、その想いがより一層深まったことも事実だ。前世の記憶があったから、ランドルフが自分の『特別』で、ランドルフの『特別』もまた自分なのだと信じていられた。

（でも、ランドルフにとってはそうじゃなかった……？）

記憶が蘇っていなければ、あり得る想像だ。

これまで信じていた自分とランドルフとの関係が、まるで見たことのない別物だったかのように思えてきて、ロレッタは血の気が引く思いだった。

（……だめ。想像で先走ってはいけない。確かめなくては……！）

「ランドルフに会わなくては……！」

――それも、早急に。

社交シーズンの今、王都にいる貴族たちの間では、晩餐会や夜会などの催しが目白押しだ。自分の娘や息子に良い配偶者をと、コネクションを作るために皆必死なのだ。

ロレッタの両親が、王都に到着してすぐに晩餐会を開いたのもそれが理由だ。

きっと明日もどこかの晩餐会があって、それに家族で出席することになるだろう。両親の耳にランドルフの噂が入るのは時間の問題でしかない。

このまま両親が激高し、ランドルフとの婚約を破棄してしまうのを、手をこまねいてみているわけにはいかない。

「――よし！　やるわよ……！」

ロレッタは顔を上げると、ベッドから起きだしたのだった。

＊　＊　＊

男達の野太い掛け声と同時に、剣と剣がぶつかり合う金属音が鳴り響く。

王城にある訓練場で朝稽古に勤《いそ》しんでいたランドルフは、近衛騎士段の副隊長のゴルディに呼ばれて剣を持つ手を下ろし、駆け寄った。

「副隊長。なんでしょうか」

「お前に手紙だ。緊急らしいぞ」

美しい黒髪を肩まで伸ばし、後ろで一つに結わえているゴルディは、女性かと見紛《みまが》うような美青年だ。だが見かけとは裏腹に、最年少で近衛騎士団の副団長に抜擢《ばってき》されるほどの実力の持ち主でもあり、王城の侍女たちからは絶大な人気を誇っている。

そして騎士団員達からは、その涼やかな美貌とは裏腹な腹黒さと容赦のなさで、団長よりも恐れられている、一癖も二癖もある人物なのである。

手にした薄桃色の封書をヒラヒラと振って見せるゴルディに、ランドルフは汗を拭いつつ首を傾げた。

「――緊急、ですか」

思い当たる節がない。自分の職場《ここ》に緊急だと手紙を送りつけてくるとすれば、当然のこと家族が想定されるが、父とは先ほど会っている。ランドルフの父は王立軍の武官なので、毎日王城に出入りしているからだ。その時の父の様子は至って普通で、特に変わったところはなかった。母に何かあれば直接言ってくるはずだ。

（……そういえば、ロレッタの件で忠告めいたものは、してきたな……）

いかにも軍人らしく、厳格で無口な父にしては珍しいことだった。

『ロレッタ嬢がこちらに来ているそうだな』

開口一番にそう言った父は、首肯した息子にちらりと一瞥《いちべつ》をくれた。

『お前は彼女とまだ結婚するつもりでいるのか』

妙なことを訊くものだと思いつつ、眉間に皺が寄るのを止められなかった。まさか家の都合でロレッタとの婚約を破棄するとでもいう気か、と殺気立ってしまったのだが、息子の様子から言わんとすることを察したらしく、父は呆れたように肩を竦めた。

『ならば身辺整理はしておくんだな。私がロレッタ嬢の父ならば、お前には嫁がせん』

最後の台詞に思わず盛大な舌打ちが出てしまい、父にジロリと睨まれた。

ここは王城で、相手はこの王立軍の施行司令官様だ。息子とはいえ、一回の近衛騎士風情が対等にものを言えるはずもない。舌打ちなどもっての他というものだ。

失礼しました、と一言謝ると、父は鼻を鳴らしてその場を去った。

見送った父の背中を思い出しながら、ランドルフはため息をつく。

身辺整理、の意味は分かっている。

（……おそらく、王女と俺の噂の件だろう）

第二王女フェリシティが、その護衛騎士である自分と恋人同士である、というものだ。

チッと舌打ちがまた出てしまう。

想定していたこととはいえ、父の耳にまで入るほど広がってしまっていたとは。

王女にしてみれば、そうするために広めた噂だろうから致し方ないが、こちらにしてみれば迷惑千万である。

（面倒だな）

（だが確かに、父上の言うことにも一理ある）

真実など伴わない、ただの噂話だ。ランドルフの心はロレッタにしかない。だがあの噂を彼女が聞けば、きっと悲しませてしまうに違いない。

その前に彼女に説明をしておくべきだ。そう決心して挑んだロレッタとの逢瀬だったというのに、あの傍若無人王女のせいで台無しになってしまった。

（返す返すも、忌々しい王女様なことだ！）

過去に王女から被《こうむ》った多大な迷惑を思い返せば、首を絞めてやりたくなるような主《あるじ》だが、目的のためには彼女に仕えるしかない。

そうでなければ、あんな変人ワガママ娘の奇行に誰が付き合ってなどやるものか。

昨日とて至急の用事だと呼びつけられて戻ってみれば、王族専用書庫から拝借した古文書の一つを紛失してしまったので一緒に捜してほしい、というくだらない話だった。

（だから常日頃から部屋の整理整頓をするべきだと口を酸っぱくして言っていたのに、あの研究バカ王女が……！）

無論、王女が日常生活を送っている個室は、常に侍女たちによって美しく整えられている。

この場合の部屋とは、王女が己の研究のためと、勝手に占拠した王宮の一室のことである。王女が『研究室』と呼んでいるその部屋は、他人にいじられたくないからという理由で、王女が許可した者以外の出入りを禁止されている。よって侍女や使用人は入れないため、当然掃除はされておらず、汚れ放題の散らかり放題なのである。

（あんな部屋では物がどこに行ったか分からなくなって当たり前だろうに……！　研究者として一級でなければ、本当にどうしようもない人間だぞ、あれは……！）

神童と名高かったフェリシティ王女は、幼い頃に伝奇や伝説と呼ばれる昔話に興味を持つようになってから十数年、その研究に没頭し続けているのだ。

それだけならまだ許せるが、かの王女は非常に性格もよろしくない。自分のやりたいことのみに真っ直ぐで、他のことはすべてどうでもいい——つまり、他人がどうなろうともまったくお構いなし、他人のために痛む心は持ち合わせていない冷徹人間なのである。

（あれは人として壊れている）

そんな主に仕えていると、うんざりすることはしばしばだが、ともあれ、フェリシティ王女が古文書研究者として優秀な人物だからこそ、ランドルフが仕えているわけなので、他は我慢するしかないというところである。

それにしても、二年振りの恋人との逢瀬まで邪魔されるとは思わなかった。

ロレッタには謝罪の手紙と花束を贈っておいたし、明日にはまたノーフォーク伯爵の夜会で会えるはずだ。本当なら彼女に直接会って謝れたらいいのだが、いかんせん仕事がある。さすがに恋人のために職務を放棄するわけにはいかない。

（それにしても、ロレッタは本当にきれいになっていたな……）

幼い頃から愛らしさは群を抜いていたが、昨日見た彼女は大人の女性の色香をほんのりと滲ませるようになっていて、ランドルフを堪《たま》らない気持ちにさせた。

透き通るように白い肌、小さな鼻にうっすらと浮いたそばかすが少女っぽさを残しているのに、ぷっくりと濡れたように光る桜色の唇の曲線が艶《なま》めかしい。大人と子どもが共存するアンバランスな女性らしさというものは、妙に男の情欲をそそるのだ。

目尻がやや上がった翡《ひ》翠《すい》色の瞳が、ランドルフを見てきらめくのを見た瞬間、人目もはばからず彼女を抱きしめそうになって、それを堪えるのにどれほど苦労したことか。

彼女の内に秘めた情熱を醸し出すかのような艶やかな赤い巻き毛は、美しく結い上げられて、嫋《たお》やかな白い項《うなじ》があらわになっていた。それを他の男も見たかと思うと、火のような独占欲が湧いてきて、無防備な細い首に噛みついてやりたくすらなる。

ランドルフが自分の欲望を必死に抑え込み、紳士の仮面を被っているというのに、ロレッタはそれに気づく素振りもなかった。

キラキラと輝く瞳で、表情で、全身で、彼への好意を示してくれていた。彼女が昔から一つも変わっていないことに、ランドルフは心の裡《うち》でそっと安堵の息をついた。

ロレッタは変わらない。変わらず、自分を慕ってくれている。

（……当たり前だ。僕たちは、前世からの絆で結ばれているのだから）

ランドルフが愛しい恋人へと思いを馳《は》せていると、ベシ、と頭を叩《はた》かれて我に返った。

「おーい、立ったまま寝るなー？」

目の前にはゴルディの呆れた顔があって、ランドルフは「寝てません」と答える。

しれっと反論する部下の可愛げのなさに、ゴルディは眉を上げたものの、やれやれと肩を竦めて手紙を差し出した。

「ほれ。フィール伯爵令嬢からだ、色男」

「……それを早く言ってください」

つい唸《うな》り声が出てしまったのは仕方ない。ひったくるようにして手紙を受け取ると、確かにロレッタの名があった。彼女が好む薔薇色《ばらいろ》の封蠟《ふうろう》に、フィール家の家紋であるピオニーが捺《お》されている。

確かに彼女からの手紙だ、と確認しつつ、ゴルディに礼を言って訓練場の隅に移動する。

懐に忍ばせてあるダガーを取り出して封を切ると、ロレッタの女性らしい柔らかな文字が現れて口元が綻んだ。だが内容を読み進めるうちに、次第に顔色が変わり始める。

そこには、ロレッタがランドルフとフェリシティ王女の噂を聞いたため、その説明が欲しいと書かれてあった。そして、ロレッタの両親に伝わる前に、二人で今後のことを話し合わねばならないので、今日職場である王宮を訪問する、とも。

まさに今朝の懸念が現実になってしまった。

焦ったランドルフは、蒼褪めてその場を走り去ろうとして、ゴルディに襟首を掴まれる。

「おーい、どこへ行こうとしてるんだ、小僧。訓練の途中だぞ」

「離していただけますか！　手紙に緊急と言付けがあったでしょう！」

襟を掴む手を振り払って叫ぶと、厳しい上官の顔をしたゴルディに睨み下ろされる。悔しいが、身長はゴルディの方が高いのである。

「イヤイヤ、フィール伯爵令嬢はお前の血縁でもなんでもないだろう？　緊急事態なんて認められるわけないだろう、馬鹿かお前は。近衛騎士としての自覚を持て」

「婚約者なんです！」

噛みつくように叫ぶと、ゴルディは呆気《あっけ》に取られたように目を丸くする。

「――は？　フィール伯爵令嬢が？　いや、て言うか、お前、婚約者なんていたのか？　え、じゃあフェリシティ殿下のことは？」

当たり前のように自分の職場でもその噂が信じられていることに、ランドルフは苛立ちを覚えながら深いため息をついた。

「それは事実無根だと、僕は何度も言っていたと思いますが」

地を這うような低い声が出たのはもう仕方ない。ランドルフは王女との仲を騎士仲間にからかわれる度に否定してきたのに、それを面白がるようにして囃《はや》し立てられてきたのだから。当時から腹立たしさは感じていたものの、強く否定できない理由がランドルフにはあった。恨めしげな声色に、ゴルディが少し怯《ひる》んだ。

「いやお前、それはイヤよイヤよも好きの内って……」

「僕は真実イヤがっていたんですがね」

「……マジか……。あー……なんだ、その。そりゃ、悪かったな……。いや、殿下とお前が喧嘩《けんか》してるのは、どうにもジャレついているようにしか見えんから、てっきり照れ隠しの類なのかと思っていた……」

頭を掻《か》きながら困った顔をした上官に、ランドルフはここぞとばかりに畳みかける。

「少しでも悪いと思ってくれるなら、今僕を行かせてください。婚約者があの噂を聞いて、説明を、とここへやってくるんです」

「あー……なるほど？　確かに緊急だな、それは……」

ランドルフの説明に、ゴルディが手で顔を覆う。緊急の状況、を理解したようだ。

「うん、はい。副団長の権限で、朝訓練は免除。行っていいです、ランドルフくん。……健闘を祈る」

「……感謝します」

さんざんあの噂を煽《あお》ってくれた筆頭がこのゴルディなだけに、礼を言うのも癪《しゃく》に障るが致し方ない。ランドルフは一礼して訓練場を後にした。

朝訓練の後は、皆で水を浴びて身を清めてからそれぞれの配置につくのが日課だが、今日はそうも言っていられない。手早く汗の始末をして騎士服に着替えると、ランドルフは『研究室』へと足を向けた。ロレッタが来る前に、あのお騒がせ王女に、くれぐれも妙な真似《まね》はするなと釘《くぎ》を刺しておかねばならない。

研究室へ向かう途中、中庭の回廊を通っている時に、不意に名を呼ばれた。

「おや、ランドルフじゃないか。そんなに急いでどこへ行くのさ」

聞き覚えのあるのんびりとした口調に、ランドルフは足を止める。

振り向けば、中庭のカメリアの茂みの中から、ほっそりとした若い女性が四つん這《ば》いになって出てくるところだった。上等そうな薄紅色のドレスは、土に塗《まみ》れてドロドロだ。結い上げられていたはずの金の髪も解《ほぐ》れてぐしゃぐしゃ、所々に枯草が刺さっている。

まるで王宮に迷い込んだ野犬のような有様だ。これを見た女官たちが、また盛大に嘆くだろうことを想像し、ランドルフは呆れて目を眇《すが》めた。

「こんな所で何をなさっておられるのですか、フェリシティ殿下」

そう。この野犬のような女性こそ、ランドルフの悩みの種であり、主でもあるこの国の第二王女、フェリシティ殿下なのである。

ランドルフの問いに、王女は平然とした顔で四つん這いのまま答えた。

「カメリアの種を探しているんだよ」

「……は？」

「エルディ地方の伝承に、カメリアの種から採れる油を使ったものがあってね。自分で種を絞って採った油を櫛《くし》に塗り、満月の夜に髪を梳《くしけず》れば、美しい子が授かるというものさ。エル・イ・エーフと呼ばれるエルディ地方の説話集に、子宝に恵まれない女性が試して、効果が抜群だったと書かれているんだ」

胸を張って説明する王女に、ランドルフは眉間に深い皺を寄せた呆《あき》れ顔をしてやった。

「もしやその非現実的な世迷言《よまいごと》を信じておられます？」

髪に油を塗るだけで子どもを授かるならば、油が飛散する食堂で働く女性は、毎年のように妊娠していなければならないことになる。

ランドルフの質問に、王女はムッと口の端を曲げた。

「非現実的だけれど、元来呪《まじな》いや伝承というものには、一見しただけでは分からないように、真実や真理を混ぜ込んであるものなのだよ、ランドルフ」

さも正論のように言われても、『髪に油を塗ったら妊娠』説のどこに真実や真理があるのか、残念ながらランドルフには皆目《かいもく》、見当がつかない。

「……一つ伺いますが、その伝承とやらをご自分で試されるおつもりで？」

「他に被験体がいないからそうなるね」

「ちなみに、ご自身が未婚の女性だという自覚は？」

あるに決まっているだろう、と馬鹿にしたように答える王女に、ランドルフは天を仰ぐ。

「ありえない現象ではありますが――僕の見解はさておき、もし試された後、本当に殿下がご懐妊あそばしたとすれば、それは大問題になると思うのですが」

フェリシティの頭の中ではその呪《まじな》いで子が授かることがあるのかもしれないが、一般常識として妊娠するには相手が必要である。未婚のフェリシティが妊娠すれば、当然相手は誰だという話になるわけである。変わり者であっても、王にとっては可愛い我が子だ。娘に手を出して孕ませた相手を探し出し処罰するまでは納得しないだろう。

一連の騒動を思い浮かべただけで、ランドルフはウンザリしてしまった。迷惑千万とはこのことである。だが王女の方はそれに思い至っていなかったようで、きょとんとした顔をした後、「なるほど」と言ってポンと手を打った。

「あのね、ランドルフ。いくらわたしでも、まさかこの呪いで真面目に妊娠するなんて思っちゃいないぞ」

「そうなんですか？」

大袈裟《おおげさ》に眉を上げれば、王女は心外そうに口角を下げる。

「当たり前だろう、そんな非現実的な。わたしはこの呪いに、おそらくその気になるような効果があるのではないかと思って、検証しようとしていたんだよ」

「なるほど……」

その気とはつまり催淫作用的なことを言っているのだろう。カメリアの油にその作用があるとすれば、確かにその呪いはなかなか効果がありそうである。

「ですが、その気になる効果であっても、試してみて実際にあったら困ったことになるのでは？」

そう指摘すると、王女は数秒考えるように沈黙した後、人差し指を立ててニコリと笑った。

「その時には、お前になんとかしてもらおう。頼んだよ、ランドルフ」

「やめてください切実に！」

青筋を立てて怒鳴ってしまったが、自分は悪くないとランドルフは思う。本当にこの王女は厄災でしかない。この際だ、とランドルフは四つん這いになる王女と目線を合わせるために、地面に膝をついた。

「殿下。今後一切、その類《たぐい》の噂話を広めるのはやめていただきたい！」

ランドルフの必死の形相に、フェリシティはまたキョトンとした顔をして首を傾げる。

「その類の噂とは？」

「僕と殿下が恋人同士であるかのような噂です！　殿下はこれまで、わざとそう見せかけるような行動をされてきたでしょう！」

するとフェリシティはようやく合点がいったように「ああ」とまた手をポンと打った。だがすぐに唇を尖らせる。

「いや、けれど、それは最初の取引の条件だったじゃないか。私がお前を近衛騎士に指名する代わりに、お前は私の盾になると——」

「僕は殿下の物理的な盾になると申し上げたのです。決して殿下の男除けになるという意味ではありません」

ランドルフは王女の声に被《かぶ》せるように言ったが、フェリシティはなおも不満げな顔のままだ。この顔が歪《ゆが》むまで両手で抓《つね》ってやりたくなる。顔だけ見ると実にきれいな造作をしているが、この王女は常識の通用しないモンスターである。

確かに、ランドルフは王族の近衛騎士になるために、フェリシティに取引を持ち掛けた。王族は己の近衛騎士を指名することができるのだ。別に、近衛騎士が出世できる職だからなりたかったわけではない。出世などどうでもいい。ロレッタと共に穏やかに生きていけるだけの財力は、いずれ継ぐことになるもので十分に手に入る。

——だが、それだけではダメなのだ。

安全が必要だ。いや、安心、だろうか。自分が彼女と幸福になるために、不可欠なものだ。

(……あれに近づくためには、王族に近づく必要があった)

そして特に、変わり者として有名で、王族だけが閲覧を許される王宮図書寮へしょっちゅう出入りしている王女は、ランドルフにとって非常に好都合だったのだ。

だから『僕を近衛騎士にしていただけるならば、殿下の盾となることを誓います』と言ったところ、王女は面白そうに頷いたのだ。

『いいよ。今日からお前はわたしの盾だ。存分に役に立ってもらうとしよう』

そんな経緯でランドルフはフェリシティ王女の近衛騎士に就任したのだが、王女と自分との間で、解釈に齟齬《そご》があることに気がついたのは、ほどなくしてだった。

この国には、いくつかの友好国の王族が留学と称して長期滞在している。

友好国の王族であるため丁重には扱われているが、その国との関係が悪化した際に取引に使う——いわゆる人質である。

その中の一人に、ロンバルディ国の第五子であるゲオルグという王子がいる。このゲオルグ王子は、五歳でやって来て以来、もう十五年もこの国に滞在していることになる。自国の記憶がほとんどなく、自分はもう半分以上この国の民だと言って憚《はばか》らないこの王子は、人懐っこさから王妃に可愛がられ、この国の王子、王女たちとも非常に仲が良い。

特に第二王女フェリシティのことを気に入っているらしく、彼女を追いかけまわしていることでも有名だった。ゲオルグ王子のことを買っている王妃は、この二人を婚約させてはどうかと王に進言し、王もまた乗り気になったため、王女が十三歳、ゲオルグ王子が十五歳の時に、二人の婚約は内々に成立する寸前だったらしいのだが、これに待ったをかけたのがフェリシティ王女本人だった。

『ゲオルグに嫁ぐなんてとんでもない！　私は一生涯、この国の因習や伝承を研究し続けたいのです！　この国を離れるなんて、絶対に嫌です！　そのくらいなら死んでやる！』

と泣き暴れ、両親が根負けして折れたのだそうだ。振られた形になったゲオルグだったが、その後もフェリシティを追いかけ回すのをやめず、現在にまで至っている。

研究バカのフェリシティは、このままではゲオルグとの結婚話が再び立ち上がり、研究を続けられなくなってしまうのではないかと戦々恐々としていた。

ちょうどその時に現れたのが、ランドルフだったというわけだ。壁志願の近衛騎士を、フェリシティは嬉々《きき》としてゲオルグを遠ざける壁として扱うようになり、結果、ランドルフはフェリシティの恋人と認知されるようになったというわけである。

フェリシティの方は意図してランドルフを男除けとして扱っているため、ランドルフがいくら否定しても、噂を消すことはできないできた。

そしてランドルフにも王女に強く言えない事情がある。

（まだ、あれを手に入れていない……）

目的がまだ達成されていない以上、今王女の傍を離れるわけにはいかない。王女の機嫌を損ねて、近衛騎士の職を解かれては困るのだ。

だが、ロレッタがその噂を知ってしまった以上、悠長なことは言っていられなくなった。

彼女にありもしない疑惑を抱かれ、離れられるくらいなら、王女の近衛騎士の職を解かれる方がマシ。ランドルフは意を決し、王女を見据えて言った。

「殿下。僕には婚約者がいるのです。彼女に誤解を与え、悲しませたくはない。どうかこれ以上、僕との仲を周囲に誤解させるような言動は慎んでください」

ランドルフの言葉に、フェリシティは目を真ん丸に見開く。

「お前、婚約者がいたの？」

「はい。幼い頃から想い合ってきた人です。大切にしたいと思っております」

即答すれば、フェリシティは一瞬呆けた顔をした後、四つん這いからペタリとその場に座り込むと、腕を組んで「うーん」と唸《うな》り出した。

「ちょっと待って。お前の婚約を破綻させたいわけではないけど、わたしの方にも都合があるんだよ……。今お前にいなくなられると、少々具合が悪いというか……」

「別にいなくなるわけではありませんよ。近衛騎士としての職務は続行するつもりですから。単純に、僕とのあらぬ噂を否定してさえくださったら……」

ランドルフが言うと、フェリシティはブンブンと片手を振って「そうじゃない」と言う。

「あいつが……ゲオルグが、国に帰ることが決まりそうなんだ」

「ゲオルグ王子が？」

初耳な情報に、ランドルフは驚いて鸚鵡返しをした。

この国で育ったゲオルグが、今更祖国に帰るのか、と思うとなんとも奇妙な感じがするが、よく考えればなんら不思議な話ではない。ゲオルグは今年二十三歳になり、結婚していてもおかしくない年齢になった。しかし人質という立場のままでは結婚などままならない。

（だからこそ、過去にフェリシティ殿下との婚約話が持ち上がったのだろうな）

他国の人質がこの国の王女と結婚すれば、国同士の政略結婚となるのだから、人質も不要となる。王と王妃のお気に入りのゲオルグだからこそ、あり得た縁組だったのだろう。

とはいえ、ゲオルグの祖国ロンバルディとこの国とは、彼のおかげ（？）で十年以上友好的な関係を続けている。頭脳明晰《めいせき》で知られるゲオルグならば、ロンバルディへ帰った後も父王や兄王太子を支える片翼となるに違いない。この国に親愛を抱いているゲオルグが政治の場に立つことで、友好関係はより良いものになると予想できる。

ゲオルグの代わりに別の王族がこの国に留学させられることになるだろうが、どちらの国にとっても悪い話ではない。

「それはおめでたいことですね」

フェリシティにとっても、追いかけ回されていたゲオルグが立ち去れば安心できるのではないかと思い、ランドルフはにっこりと笑ってそう言った。

だが、フェリシティはギッと眦《つ》を吊り上げてこちらを睨みあげてきた。

「なにがめでたいもんか！　帰国が決まれば、あいつはわたしを連れ帰るために、より一層執拗に追い回すに決まっているだろう！」

それは自意識過剰というものだろう、と薄ら笑いをしてしまったが、フェリシティの顔は真剣そのものだ。

「お前ね、よく考えてみてよ。何度断っても十年以上諦めなかった、蛇のようにしつこい男が、帰国が決まったからと言ってハイそうですかと諦めてくれるはずがないだろう!?」

言い切る王女の顔つきは鬼気迫るものがあり、ランドルフはたじろぎながらもゲオルグの顔を思い浮かべる。浅黒い肌に茶金の髪という特色ある色彩を持つ、秀麗な男前だ。同時に、そのさわやかな笑顔とは裏腹に、王女の指摘通り、蛇のように執念深い男でもある。

（……まあ、僕の方も執念深さという意味では、人のことを言えない自覚はあるからな）

自分で言うのもなんだが、執念深さではゲオルグの上を行く自信がある。

（……ロレッタも、かわいそうに。僕みたいな男に想われてしまって……）

たとえロレッタが、フェリシティのように逃げ惑ったとしても、絶対に逃がしてなどやらない。彼女が逃げないでいてくれるから、自分はこうしてまともな人間ぶっていられるが、もし逃げようとするならば、鎖で繋いででも自分の傍に置いておこうとするだろう。

憐れな愛しい恋人を想い、心の裡で「ごめんね」と謝っていると、ガシッと両手をフェリシティに掴まれて我に返る。

「頼む！　お願い！　あと少し！　ゲオルグが帰国するまででいいから、わたしの恋人のふりをしてほしいんだ！」

　必死の形相で頼み込んでくる主を、ランドルフはニッコリと笑って一蹴する。

「イヤです」

「なんでよぉお⁉　主の頼みだよ？　お前、騎士でしょう！　騎士は主に忠誠を誓うものでしょう⁉　主は敬愛しないといけないんだぞ⁉」

「尊敬できない主に払う敬意など持ち合わせておりませんので。残念ですが、私は殿下よりも婚約者が大切です」

　握られていた手をブンッと振り払って立ち上がると、ランドルフは王女を見下ろした。

「殿下はもう二十一歳におなりでしょう。研究に没頭されるのも結構ですが、そろそろ王族としての義務の遂行を、真剣にお考えになってはいかがですか？」

　つい冷たい本音を漏らしてしまったのは、いい加減この王女の子ども染みたワガママに辟易《へきえき》してしまったからだ。

　現王の子どもの中で、未だ配偶者や婚約者が決まっていないのは、このフェリシティ王女と今年六歳になった末姫のみだ。王子たちにはそれぞれ妃や婚約者がいるし、十五歳になる第三王女は、もう他国の王子との婚約が決まっている。成人前だが、王族としては珍しいことではない。妹姫ですら国のための政略結婚を受け入れ、王族としての務めを果たそうとしているというのに、研究がしたい、という自らの願望にのみ忠実で、他のことには一切無頓着なこのフエリシティに、少々鬱憤《うっぷん》が溜《た》まっていた。そこに加えて、ロレッタに誤解されてしまっていることへの苛立ちも加わり、非常に攻撃的な気分になっていたのだ。

普段文句を言いつつも、結局は逆らわずに言うことを聞いてくれていた近衛騎士の冷たい言動に、フェリシティは驚愕《きょうがく》して顔を引《ひ》き攣《つ》らせた。だが、この王女はここで怯《ひる》むようなかわいい性格はしていない。口の端を上げてフッとイヤミっぽい笑みを浮かべると、挑むような眼差しを向けてきた。

「そんなことを言っていいのかな？　わたし、知っているんだよ。お前がわたしの近衛騎士になった本当の理由を」

ギクリ、と心臓が音を立てた。

内心の動揺を悟られないように、ランドルフは緩く首を傾げて見せる。

「本当の理由、ですか？」

訳が分からない、といった演技にも、王女は引かなかった。歪んだ笑みを更にニタリと深くして、囁くように言った。

「お前、王宮図書寮の書物――それも、『紫書《ししょ》』を見たいんでしょう？」

「――」

咄嗟に返事ができず、ランドルフは王女の整った顔を眺める。

（――どこで、バレた？）

誰にも言わなかった秘密だ。

ランドルフが王都へ来た目的――この国の王が所有している書物を見つけ出すこと。

王族専用である王宮図書寮にある書物の中でも、『紫書』とは王と王位継承者にしか閲覧を許されていない書物のことだ。この国で紫は至高位を表すと同時に、禁じられたものを表す。その色が冠された書物となれば、一介の貴族の子息というだけの自分が、おいそれと近づける場所ではない。実際、『紫書』という言葉を知っている者は、王にほど近い立場と位を持つ者のみだ。

前世の記憶がなければ、ランドルフもその存在すら知ることはなかっただろう。近衛騎士を目指したのは、王族の傍に張り付くことで、目的には確実に近づくことができるからだ。この変わり者の王女は、本の虫だ。研究のためなら手段を択ばないことでも有名で、『紫書』に手を出すこともあるだろう――フェリシティを選んだのは、そう言う理由だった。

――すべては目的達成のため。

だが『紫書』に興味を示しているとなれば、警戒されるのは目に見えている。下手をすれば処罰の対象となってしまうことも予想できる。

(慎重に動いてきたつもりだったのに、何故――?)

心の中では大いに狼狽《ろうばい》していたが、表面では無表情を貫きながら沈黙していると、フェリシティがク、と喉を震わせて笑った。

「どうして分かったんだ、って顔をしているね。お前、自分では気づいていないだろうけど、存外分かりやすいんだよ。今だって平然とした顔をしてみせてはいるけど、瞳孔が開いているし、左の首筋に浮かんだ脈がドクドクいっているのが丸見え。うっすらと汗もかいているね？　ははは。人間、動揺している時には、運動したのと同じ身体の反応を示すそうだよ」

列挙された自分の身体症状に、ランドルフは思い切り顔を顰める。

そんな所を見ているのか、と驚くと同時に、確かに神童と言われただけの人物だ、と実感させられた。この小さな頭の中に、どれほどの知識を詰め込んでいるのだろう。

嫌そうに鼻に皺を寄せるランドルフに、王女は得意げに顎を反らした。

「あとはわたしが研究室に籠っている時、王宮図書寮にかかわる時だけ、妙に反応を返すんだよ。普段はわたしの独り言なんか無視するくせに、『聖ガラーヤに纏《まつ》わる伝承ならば、王家の蔵書にある「スラヤ書簡」を調べてみてはいかがですか』なんてアドバイスまでくれる。わたしが没頭している研究には興味はないって顔をしているのに、なぜか王宮図書寮にある書物を把握している。お前が王家の蔵書に興味を持っていることは、わりと早くから分かっていたよ」

思わず、チ、という舌打ちが出た。この王女を甘く見過ぎていた。興味のあることしか頭にない、他はどうでもいい研究バカでしかないのかと思っていたのだ。これほど自分が観察されていたなんて思いもしていなかった。

「お前の目的が、単に王家所蔵の書物であるならば、既に果たされていてもおかしくない。なのに、お前はまだわたしの傍にいて、わたしのワガママに晒《さら》される日々に甘んじている。つまり、まだ目的は果たされていないと考えられる。ならばその目的は、わたしでもまだ触れぬ書物――『紫書』だと見当づけることができる。違う？」

そう説明したフェリシティは、ランドルフの苦虫を噛《か》み潰《つぶ》したような表情を見て、嬉しそうにニッコリと微笑んだ。

「違わないみたいだね」

「それで？　僕が『紫書』を見たがっているからどうだって言うんですか？　陛下に告げ口をして、僕を処罰するとでも？　だが僕が『紫書』に興味を示したからと言って、処罰の対象にはなりませんよ。別に罪を犯したわけではないんですから」

(――そう、未だ。今のところは)

心の中でそう付け加えて、ランドルフは王女を忌々しく睨む。

すると王女は「まさか、そんなことするわけないだろう」と大仰に肩を竦めて見せた。

「つまり、わたしが言いたいのは……提案がしたいってこと」

「提案？」

聞き返せば、王女はコクリと首肯する。

「お前が見たがっている『紫書』を、わたしが見せてあげる。だからゲオルグの帰国まで、わたしの盾役を続けてほしい」

出された提案を頭の中で検討して、ランドルフは目を眇《すが》める。

なるほど、心惹《ひ》かれる提案ではある。

「……残念ですが、殿下の予想は少し間違っておられますよ」

「――え？」

提案に勝算があると踏んでいたのか、王女は戸惑ったように首を傾げた。

「僕の目的は、『紫書』を見ることではない。『紫書』を手に入れ、抹消することです」

「な……！」

さすがのフェリシティ王女でも、呆気に取られる内容だったらしい。目をまんまるに開いた状態で絶句し、ランドルフを凝視している。それはそうだろう。王家の至宝を破壊すると言っているのと同義なのだから。もし本当に犯せば、極刑もあり得る大罪である。

「それを僕にさせてくださるなら、そのご提案に応じてもいいですよ」

事も無げに言ったランドルフに、フェリシティは唖然としたまま固まっている。

それに薄く微笑んで、ランドルフは主を立ち上がらせるために手を差し出した。

（……これで、近衛騎士の職は解雇されてしまうかもなぁ）

思いがけずフェリシティに思惑を見破られ、狼狽えてしまった。とはいえ、中途半端な見破られ方だったので、ごまかせばなんとかなったかもしれないのに、と後悔する自分もいる反面、ロレッタに誤解され、関係がこじれるくらいなら、諦めた方がマシだと納得する自分もいる。

（……もともと、上手くいかない可能性の方が高い話だった）

目的とロレッタとでは、確実にランドルフの天秤《てんびん》は確実にロレッタへと傾くのだから、これで良かったのだ。

（……あの人には、呆れられてしまうだろうが……）

十歳の時、ロレッタと一緒に小さな教会に紛れ込んでしまった時、出会ったあの人。

刺激が強すぎたのか、ロレッタは彼女を見た瞬間気を失ってしまったが、自分は彼女のおかげでロイを取り戻すことができた。

彼女と自分の目的は同じだった。だから協力し合うことにしたのだ。

フェリシティを介して『紫書』に近づくことは無理になりそうだが、別の方法があるはずだ。

ひとまずは、彼女と相談する必要があるな、などと頭の中で計画を立てていると、不意にグッと手を掴まれた。

見れば、差し出した手を、フェリシティが真剣な表情で握りしめている。

何かを決意したかのような気迫の籠った顔に、ランドルフは困惑した。

「殿下？」

「分かった。お前の条件を呑む！」

「――――は……？」

一瞬、言われたことが理解できず、そんな間抜けな返事をしてしまう。

「条件を呑むと言ったの！　王女としての権利や融通を駆使して、必ずお前に『紫書』を渡すよ。だから、わたしをゲオルグから守ってほしい！」

「それ、本気で言っておられます？」

ついそんな確認をしてしまった。なにしろ、事が事である。王家が厳重管理しているような書物を抹消しようというのに、ホイホイと乗るなんて、浅はかすぎやしないだろうか。

言い出したのは自分であるにもかかわらず、ランドルフはそんなことを思う。

だがフェリシティはきっぱりと頷いた。

「本気も本気だよ！　わたしは『紫書』という物自体が気に食わない。王だけが手にできる知識なんて傲慢だとは思わないか？　知識とは得たい者が等しく得られるようにするべきだと私は思う。そもそも知識というもの自体が、得るためにはその価値と相当する学を習得していないといけないだろう？」

「まあ……確かに、古代語を読めない者が古文書を手にしたところで、豚に真珠ですからね」

ふむ、と頷きながら相槌《あいづち》を打つと、フェリシティは「その通り」と人差し指を立てる。

「努力しない者には与える必要はないが、努力した者にはそれに相応しいものが得られるというのが正しい世の在り方だと、わたしは考えている。その点で、お前は『紫書』に辿り着く努力をしているのに対し、父や兄上はなんの努力もせずに『紫書』を得られるんだから、今の状態は間違っていると言えるわけよ！」

「なる……ほど？」

語尾が疑問形になってしまったのは致し方ないと思う。なかなか斬新な理屈ではあるが、筋は通っている。

「ね！　だから、ゲオルグを遠ざける手伝いを……お願い！」

神に祈るように手を組み合わせ、必死の形相で頼み込んでくる王女を見下ろしながら、ランドルフはやれやれとため息をついた。

「……あなたは王女などに生まれてはいけない人だったと思いますよ」

国の宝を自分のために売り飛ばそうとしている王女など、前代未聞だろう。呆れて言ったのに、フェリシティがケロリとした顔で「わたしもそう思う」と同意するので、力が抜けそうになった。

「僕には分からないのですが……何故そんなにゲオルグ王子を嫌うのですか？」

ランドルフから見て、ゲオルグはなかなかの好青年だ。他国の王子という高い身分でありながら、誰にでも分け隔てなく親切で、文武に秀でている。彫りの深いエキゾチックな美丈夫で、宮廷女官たちからの人気も高い。彼に好かれて喜びこそすれ、毛嫌いする女性などフェリシティくらいのものだ。

だがフェリシティはランドルフのその台詞を聞いた瞬間、悪鬼のような形相になった。

「お前はあの男の本性を知らないからそういうことが言えるんだよ‼」

「ほ、本性？」

「ヘラヘラとしたあのマヌケそうな笑顔の裏では、わたしをどうやって甚振《いたぶ》ってやろうかと舌舐《な》めずりしているんだ！　アイツは悪魔なの‼　絶対に捕まるわけにはいかないんだよ‼」

王女は早口でまくし立てながら、ランドルフの襟首を掴んでガクガクと揺さぶってくる。

「ちょ……！　わかった！　わかりましたから！　手を離してください！」

「本当⁉　では、盾役を続けてくれるんだね⁉」

わかった、と言う言葉を聞いた途端、パッと手を離した王女は、ご機嫌な笑顔になる。

その豹変《ひょうへん》の仕方にウンザリしながらも、ランドルフは頷いた。

「王子が帰国されるまでの間ですからね」

「やった！　良かったぁ！　お前が盾役をやってくれるようになってから、アイツのエロエロ攻撃がほとんどなくなっていたんだよ！　お前ほどの逸材はいない！　もうこれで安心して生活できる！　ありがとう、ランドルフ⁉」

「エロエロ攻撃……って、うわっ、重いっ！」

感極まったとばかりに、王女が両腕を開いてガバリと抱き着いてくる。その勢いがあまりに強すぎて、体勢を崩したランドルフは、そのまま王女に押し倒されるようにして仰向《あおむ》けに引っ繰り返り、後頭部をガンと地面に打ち付ける羽目になった。

「殿下‼」

痛みと腹立たしさから、このバカ王女に一度キッチリ説教をくれてやらねばならぬと上げかけた怒声は、聞こえてきた声に凍り付く。

「おや？　そこにいるのは我が愛しのフェリシティ殿下かな？」

低い艶やかな美声は、先ほど話題に上がっていたゲオルグのものだ。

（……なんてタイミングで……！）

次から次に降りかかる苦難に眩暈《めまい》がする。ランドルフは自分の上に乗っている王女を退《ど》かすと、立ち上がって衣服の汚れを払った。他国の王子を前に地べたに倒れた状態など、不敬にもほどがある。チラリと横を伺えば、フェリシティはうずくまったまま、怯えた猫のように警戒心を剥き出しにして声の方角を睨みつけている。

「殿下、座ったままではいけません。お立ちください」

促すとフェリシティはしぶしぶ従ったものの、こちらへ近づいてくる人物を遮るように、ランドルフの背中に隠れた。

「おはよう、フェリシティ。今朝もクレメンタインの花のように可憐《かれん》だ。やあ、ランドルフ。いい朝だね」

声の主――ゲオルグ王子は、二人の前まで歩み寄ると、爽やかな笑顔でそう挨拶をした。

（普通にいい人だと思うが……）

王女であるフェリシティだけでなく、その近衛騎士のランドルフにも声をかけるのを忘れない。貴族の中には、自分より身分の低い者には挨拶すらしない者も少なくないのに、ゲオルグは使用人にも分け隔てなく声をかけるのだ。

本当にまったくもって、王女にはもったいないほどの好青年だ。

「おはようございます、ゲオルグ王子」

挨拶を返したランドルフにニコリと微笑みで答えると、ゲオルグはその背後に身を潜める王女へ眼差しを向ける。視線を受けた王女は、ビクリと身体を震わせ、ランドルフの服を掴む手に力を込めた。

「……ティ？」

ゲオルグ王子が低い良い声で王女の愛称を呼ぶと、「ヒィッ！」と小さな悲鳴が上がった。

「やめろやめろやめろッ！　お前がわたしの愛称を呼ぶなっ！」

ようやく言葉を発したかと思うと、ひどい内容である。礼儀も作法もあったものではない。

この人は本当に王女なのだろうかと、専属護衛騎士として、ランドルフは遠い目になってしまった。だがゲオルグの方はそう感じなかったらしく、まるで子猫がじゃれついてきている時のような甘い顔で王女を見つめている。

「俺以外に君を『ティ』と呼ぶ人間はいないだろう？」

そういえば確かに、とランドルフは思った。王をはじめとする王女の家族は、彼女のことを

『フェリー』と呼んでいる。『ティ』と呼ぶのはゲオルグしかいないかもしれない。

(この王子だけが呼ぶ愛称ということか……？　それはまた……ずいぶんな執着だ)

自分もまたロレッタへ似たような粘着性を抱いている自覚があるので、ランドルフは目の前の好青年をまじまじと見てしまった。本当に自分と同類なのだろう。

そんなことを考えながら、ふと背中にへばりついているフェリシティへと視線を移すと、その顔色が蒼褪めていることに気がついた。よく見れば、ランドルフの服を掴む手が小刻みに震えている。

(……本気で怯えているのか)

ここで初めて、ランドルフは王女が心底この王子に恐怖を抱いているのだと理解した。

(もしかしたら王女は本能で王子が自分へ向ける執着を、異常さを察知しているのか……？)

王女の怯える顔を見ていると、妙な想像をして胸が痛む。

今の王女のように、ロレッタが自分に怯えて震えている姿だ。ランドルフの中に、ロレッタを憐れに思いその怯えを払拭してやりたい気持ちと、自分から逃げようとするロレッタを閉じ込め、雁字《がんじ》搦《がら》めに縛り付けたいという獰猛《どうもう》な気持ちとが湧き上がる。

──笑顔が愛しい。幸せであってほしい。

──たとえ君が泣いたとしても、離れるなんて許さない。

相反している感情が鬩《せめ》ぎ合う苦しみに、密《ひそ》かに奥歯を噛み締める。どちらの感情が彼女のためかは、火を見るより明らかだ。

（……それでも僕は……手放してやれない）

前世で――ロイが決め、それを実行してしまった。だが何度繰り返しても――今、ランドルフである自分がその状況下であっても、同じ選択をするだろう。

一度ギュッと目を閉じて、ランドルフは慇懃《いんぎん》な笑みを浮かべてゲオルグに向き直る。

「申し訳ございません、ゲオルグ王子。フェリシティ殿下をその愛称で呼ぶのはお控えいただけますか？」

唐突な牽制《けんせい》に、ゲオルグが目を丸くしてこちらを凝視する。

驚くのも無理はない。これまでランドルフは、ゲオルグを遠ざけるための盾にされてはいたが、それはフェリシティがそう仕向けていただけだった。ランドルフ自身はゲオルグに対し敬意を払っていたし、友好的な態度を崩さなかった。まして、フェリシティに近づくゲオルグを牽制するような言動など、一度もしたことがなかったのだ。

それはゲオルグも分かっていたのか、ランドルフは恋敵ではないと判断しているような気配は、これまでの会話や態度から感じ取れていた。

「――それは、どういう理由で？」

ゲオルグが皮肉げな笑みを口元に浮かべ、わずかに顎を反らす。雄としての威嚇を孕んだその所作に、ランドルフも挑発するように微笑んで見せた。

「僕が不愉快だから、という単純な理由です。大変申し訳ないのですが、僕はとても狭量な人間でして。他の男に自分の恋人を愛称で呼ばれるなんて、到底許せないのですよ」

ハッキリとした宣戦布告に、ゲオルグが切れ長の目をスッと眇める。

こちらの真意を探るような眼差しだったが、ランドルフにしてみれば、ゲオルグにブラフだとバレようがバレまいが関係ない。要は、フェリシティの前でしっかりと『盾役』をやり遂げればいいだけの話なのだから。

「……ふぅん？　了解。そういうことなら、俺の方も出方を考えなくてはね」

しばらくランドルフを見つめていたゲオルグが、両手を上げて肩を竦めてそう言った。

それから唖然としたマヌケ面でランドルフを見上げていたフェリシティに向き直ると、手を伸ばしてその顎を摘まんだ。

ギョッとするフェリシティは慌てて避けようとするが、ゲオルグの大きな手がそれを許さない。顔を固定されたまま、目を見開いて蒼白《そうはく》な顔になる王女は、言葉も出ないほど怯えている。

ゲオルグはその顔に自分の顔を近づけると、囁くように言った。

「分かっているとは思うけれど、覚悟しておくんだね……ティ」

最後にイヤミのように愛称を呼ぶと、ゲオルグは気が済んだのか、王女を解放する。

「さて、一旦は引くとしよう。……やらなくてはならないことができたからね」

意味深長にそう言って、その場を立ち去って行った。

その場に崩れ落ちるようにしゃがみ込む王女を支えながら、ランドルフは内心唸る。

（これは寝ていた猛獣を起こしただけだったのでは……）

と思ったが、ガクガクと小鹿のように足を震わせている王女には、敢えて言わないことにしたのだった。

＊　＊　＊

昨夜、結局眠らずに手紙を書いたロレッタは、早朝一番にそれを王宮にいるランドルフへと送った。すぐにでも噂のことを相談しなければ、ロレッタの両親の耳にいつ入ってしまうか分からない。その前に手を打つ必要があると思ったからだ。

とはいえ、手紙のやり取りでは時間もかかる上、ランドルフの顔も見られないのでもどかしく、手紙で先ぶれをして、彼を訪ねることにした。

両親には、ランドルフ用にとハンカチーフに刺繍を刺していたのが完成したので、それを渡しに行くと嘘をついた。出来上がった物を早く彼に見せたいし、彼もまた早く見たいから来てくれと言ったのだと言えば、二人とも呆れた顔をしたものの止めはしなかった。

そんなわけで王宮にやって来たロレッタは、近衛騎士の官舎の応接室で待たされることになった。どうやらランドルフは朝の訓練中らしく、対応してくれたのは近衛騎士団の副団長だというきれいな男の人だった。

　お茶を出されて大人しく待っていたものの、待てど暮らせどランドルフがやって来ない。痺《しび》れを切らせて副団長に訊ねると、彼は困ったように頭を掻いた。

「ああ……もしかすると、王女殿下にまた何か用事を言いつけられているのかもしれません。あまり口にできることではないのですが、その、フェリシティ殿下は少々変わっておられるので……」

　気まずそうに言って、副団長はロレッタを王宮の庭へと誘った。

「ランドルフが来るまで、少し庭でも散策していましょう」

　ランドルフの上司である人に誘われて、イヤですと言えるわけもない。気が進まないながらも頷いて従ったのだが、中庭を歩いて数分もしない内に部下らしき人が彼を呼びに来た。至急の用事らしく、「申し訳ない」としきりに謝りながらどこかへ行ってしまった。

　ポツンと残されたロレッタは、仕方がないので一人で散策をすることにした。王宮の庭など、滅多に観られるものではない。

　副団長が誘うだけあって、庭は見事だった。王宮の庭師が有能なようで、どこもかしこも乱れなく整えられていて、至る所で色とりどりの花が咲いている。中には知らない種類の植物もあって、物珍しく散策を続ける内に、ふと人の話し声が耳に入ってきた。

　ただ人の声であれば通り過ぎただろうが、それが聞き覚えのあるものだったため、ロレッタは引き寄せられるようにそちらの方へと足を向けた。

（ランドルフの声……？）

長く離れていたけれど、昨日聞いたばかりの彼の声だ。愛しい人の声を忘れられるわけがない。近づいて行くと、どうやらランドルフの他に数名いるようだった。

中には高くて可愛らしい女性の声もあり、ロレッタは妙な胸騒ぎを覚えてしまう。

（……きっと、王女殿下だわ）

王女とその近衛騎士が一緒にいるのは当たり前だ。そう頭では理解できても、やはり例の噂を思い出して、靄《もや》のような不安が込み上げて足を止めた。

『ダントン卿は、主であるフェリシティ王女殿下と恋仲にある、という噂です』

フローラの声が頭の中に蘇る。

そんなはずはない、とロレッタは不安を振り払うように頭を振った。

（ランドルフを信じるの、ロレッタ）

彼はロイだ。ロレッタの、そしてユリエの最愛の人。前世から続く想いと縁が、簡単に切れるわけがない。

（それに、ランドルフは昨日、私と結婚するって言ってくれたわ）

ランドルフは軽々しくそんなことを言う人ではない。その覚悟がなければ決して口にはしないだろう。

（だから、大丈夫。しっかりするの、ロレッタ……！）

自分を叱咤し、ロレッタは顔を上げて止めた足を動かした。

段々と聞こえる声が大きくなり、何を言っているのかハッキリと聞き取れるようになったのは、背の高い椿《つばき》の木立に視界を遮られた時だった。

「やめろやめろやめろッ！　お前がわたしの愛称を呼ぶなっ！」

甲高い叫び声がして、ロレッタは驚いて動きを止める。どうやら椿の木立の向こう側にいるらしいその女性の声は、怒っているようにも怯えているようにも聞こえた。

「俺以外に君を『ティ』と呼ぶ人間はいないだろう？」

今度はとても低い男性の声がした。女性と言い合っているのはこの人らしい。女性は怯えているようだし、男性に襲われているのだろうかと想像し、助けを呼ぶべきだろうかとロレッタは辺りを見回した。その瞬間、ランドルフの声が聞こえてきて、動きを止める。

「申し訳ございません、ゲオルグ王子。フェリシティ殿下をその愛称で呼ぶのはお控えいただけますか？」

（ランドルフ……！）

やはり彼だった、と思うと同時に、その傍にフェリシティ王女がいることも予想通りだったので、拳をきゅっと握る。

「――それは、どういう理由で？」

男性の不機嫌そうな声が聞こえた。不穏な空気に、ロレッタは一人ハラハラしながら耳を欹《そばだ》てる。経緯はよく分からないが彼らの台詞から、ランドルフが男性から王女を庇《かば》っているのだと推察された。

また胸に靄《もや》がかかりそうになり、ロレッタは慌てて心を静める。

（近衛騎士なのだから、王女を守るのが彼の務めよ）

そう言い聞かせていたが、次に聞こえてきたランドルフの言葉に心臓が凍り付いた。

「僕が不愉快だから、という単純な理由です。大変申し訳ないのですが、僕はとても狭量な人間でして。他の男に自分の恋人を愛称で呼ばれるなんて、到底許せないのですよ」

ガン、と鈍器で後頭部を殴られたような気がした。

凍りついたはずの心臓がドクドクと早鐘を打ち、背中に冷たい汗が噴き出る。

ランドルフは今、なんと言った？　王女を自分の恋人だと、そう言わなかったか。

（……嘘……！）

脳裏に幼い頃のランドルフの姿が過る。お互いに傍にいるのが当たり前で、会えた時には常に一緒にいた。春にはシロツメクサを摘んで、夏には湖で舟遊びをし、秋には農家の干し草の中でかくれんぼ、冬は暖かい暖炉の前で一緒に眠った。握り合う手と手が愛しかった。抱きついて、彼の柔らかな髪が頬に触れる感触がだいすきだった。ランドルフが自分を呼ぶ声がすきだった。自分がここにいていいんだと、そう思わせてくれる声だった。父よりも、母よりも、ランドルフに一緒にいてほしかった。

前世の記憶がない時からずっと、ランドルフはロレッタの唯一無二だったのに。

（……あなたにとっては、そうじゃなかった……？）

思えば、前世を思い出した頃から、会う頻度は減っていった。お互いに幼子から少年、少女へと成長していく中で、いつまでもベッタリな関係でいられないのは分かっていた。それが自然なことなのだから仕方ない。

（……ああ、わたしは……ずいぶん独りよがりだったのかもしれない……）

無意識の内に、前世からの絆があるから、この愛は決して揺らがないのだと、妙な自信をもっていたのだ。八年だ。ランドルフが王都へ行ってしまってからの歳月を、ロレッタはこれまでとほとんど変わらず暮らしをしていた。変わらないのだと信じていたからだ。

自分も、ランドルフも、お互いの想いも、運命だって――。

（……だめ、これ以上は……！）

嗚咽《おえつ》が漏れそうになって、ロレッタは自分の口を手で塞ぐ。泣き出してしまえば、きっと木立の向こう側の人たちに、盗み聞きをしていたことがばれてしまう。

今、ランドルフと王女の姿を見たくなかった。そして同時に、涙を流す惨めな自分を見られたくもなかった。大好きなランドルフの金の瞳に、自分への罪悪感や憐れみが浮かぶのを見てしまったら、きっともう二度と立ち直れない気がした。

己の矜持《きょうじ》を守るため、ロレッタはその場から逃げ出すことを選ぶ。

足音を立てないようにそっと踵《きびす》を返し、ロレッタは歩いてきた方向へと足を進める。

徐々に速度を上げ、最初に副団長と見た場所に至った時には、もう全速力で走っていた。

ここが王宮の廊下で、淑女がそんな場所で駆けることは、はしたないと分かっていたけれど、そんなことを気にしている余裕などない。

（――いや……いやよ……！）

どうして、何故、という言葉ばかりが頭の中に飛び交った。

荒れ狂った感情が今にも堰《せき》を切って溢《あふ》れ出してしまいそうになるのを、唇を噛んで必死に食い止めていた。王宮《ここ》から出なくては、泣くことすらできない。

（はやく……！　はやく逃げなくては！）

通りすがる女官や文官たちが、駆け去るロレッタの姿を驚いたように見たが、忙しい彼らはすぐに興味を失ったようで、呼び止められることはなかった。それを幸いにロレッタは走り続け、ようやく自分の家の家紋の付いた馬車を見つけると、驚く御者に扉を開いてもらって中に飛び乗った。馬車の中で待機していた付き添いの侍女も、ものも言わず飛び込んできたロレッタに驚いていたが、それに構う余裕はなかった。

「ベン！　出して！」

御者にそう叫んだのを最後に、ロレッタは我慢することをやめた。

「う、う……ぁ、ああああっ……！」

馬車が走り出す騒音が掻《か》き消してくれることを祈って、ベンチに突っ伏して嗚咽を漏らす。涙は蛇口のように後から後から溢《あふ》れてきた。涙と鼻水で、顔はもう見られたものではなくなっているだろう。

突然号泣し出した令嬢に、侍女はオロオロとするばかりだったが、その内に泣きじゃくるロレッタの背をそっと撫《な》でてくれた。

その慰めにまた涙が誘われて、ロレッタは更に泣いた。泣かずにいられなかった。

自分の恋が、運命が、先ほど失われてしまったことを、今はひたすらに嘆くことしかできなかった。

第三章　婚約者は、婚約を破棄すればただの人です

「……婚約、破棄……？」

ランドルフは呆然と呟いた。言われた言葉の意味がまったく頭の中に入ってこない。

マホガニーの重厚な造りの机に肘をついて手を組んでいた父は、厳しい表情で息子を眺めた

後、おもむろに頷いた。

「昨夜フィール伯爵から申し出があった。どうやらお前とフェリシティ殿下との噂を聞いたようだ。『将来有望な若者の未来を摘むわけにはいかないので、我が娘との婚約はなかったことに』ということだ。遠慮という形の嫌味《いやみ》だろう。伯爵の顔は笑ってはいたが、目は完全に据わっていたからな」

「そんな……！」

次々に突きつけられる現実に眩暈がした。

「どうして……なぜ急に、そんなことに……」

つい一日前にロレッタに再会したばかりで、その時の彼女も、彼女の両親もとても友好的だ

ったのに。

（昨日、何かあったということか？）

確かに昨日、会えるはずだったロレッタと会えなかった。

彼女は王宮を訪ねてきたのに、ランドルフが来る前に帰ってしまったらしかった。

フェリシティとゲオルグの攻防の盾役を務めた後、官舎に戻ってみれば婚約者が来ていたと聞かされて驚いた。慌てて応接室へ向かったが誰もおらず、応対したという副団長は、待っている間に緊急の用事が出来てそちらへ向かったので、ロレッタを一人で放《ほう》り出したらしい。一瞬腹が立ったが、しかしお門違いだと首を振った。副団長の職務は部下の客人の相手ではないのだから当然だ。

焦って馬車の駐車所へ行くと、フィール伯爵家の馬車はもう帰った後だと言われた。

ロレッタに何かあったのだろうかと心配になったが、ランドルフには仕事がある。ひとまず手紙にすぐに行けなかったことを詫《わ》び、心配している旨を記して出した。返事はその日の夕方になって届いたが、ロレッタではなく伯爵夫人からのもので、『娘は王宮で具合が悪くなり急遽帰宅したようです。言付けもなく退出してきたことを謝っておりました。もう回復しておりますので、ご心配は無用です』と要件のみ書かれていた。

何故ロレッタからの手紙ではないのかと訝《いぶか》ったし、回復していると書かれてはあるが、体調がまだ悪いのではないかとまた心配したが、それ以上どうすることもできないまま今朝に至った。

そしていつも通り早朝から訓練を始めようとしたところで、父に呼び出された。

ナイロ侯爵であり、王立軍に所属する武官の幹部でもある父は、王宮に個室をいただいており、そこへ来るようにとの言付けだった。父は公私をきっちりと分ける人で、所属の違う息子を呼びつけるなどしたことがないのに、珍しいこともあるものだと首を傾げながらも出向いたところ、父から言い渡されたのが、ロレッタとの婚約破棄の話だったのだ。

蒼褪め狼狽《うろた》える息子に対し、父は至極冷静だった。

「阿呆《あほう》の極みだな。親の顔が見てみたいものだ」

優しさも慰めもない発言に、ランドルフは父を睨む。

「鏡をご覧になっては？」

ヤケクソの応酬に、父は大仰な仕草で驚いた真似をした。

「おお、お前は私の息子だったか？　はて、我が息子は職務に託《かこつ》けて主にちょっかいをかけるようなばかだっただろうか」

「ちょっかいなどかけておりません！」

ランドルフは噛みつくように否定した。さすがに実の父親からの濡《ぬ》れ衣《ぎぬ》は勘弁してもらいたい。だが父は眼差しを鋭くし、さらに冷えた声色になった。

「愚にもつかないことを、この戯《たわ》けが。お前が実際にフェリシティ殿下にちょっかいをかけていようがなかろうが、そんなことは既に問題ではない。お前が噂を立てられたのを知りながら放置していたことが愚かだと言っているのだ」

正論に、ランドルフはグッと奥歯を噛む。父の言う通りだ。ランドルフは『紫書』を手に入れるために、王女を敢えて放置してきた。

王女にやめろと言っても聞かなかったのもあるが、ランドルフ自身がそれを黙認していたところは否めない。王女の不興を買って近衛を外されるのを避けたかったし、噂のおかげで『王女のお気に入り』として扱われることが多かったからだ。

フェリシティは淑女としても王女としても、非常に型破りだ。そのため『フェリシティならば仕方ない』と多少の無礼も非常識も許されている。なにより、王と王妃というこの国の最高権力者が、この娘に対して多くを諦めているが故だ。

よって、彼女のお気に入りであるランドルフが、『王女に振り回されている気の毒な近衛騎士』という認識をされるため、多少の非常識を看過してもらえているのだ。

事実、王族以外には図書寮長官しか立ち入れない図書寮に、フェリシティは平気な顔でランドルフを伴って入る。曰《いわ》く、『本の運び手なんだから仕方ないでしょう。わたし一人じゃこんなにたくさん運べないじゃない』だそうで、図書寮の役人を呆れさせていた。無論、王にもこの非常識は報告されているが、フェリシティの研究への異常なまでの執念を知っている父王は、『好きにさせておけ』と言ったらしい。

（フェリシティ王女の傍にいることが、『紫書』に近づく最短の道なのは確かだ）

だがそれでロレッタを失うのでは——。

「何が最も大切なのかを見誤ったお前の過失だ。婚約破棄は甘受《かんじゅ》するんだな」

あっさりと切り捨てる父親に、ランドルフは鋭い眼差しを向ける。

「嫌です」

「……なんだと？」

返ってきた言葉に、今度は父が射るような眼差しを向けてきた。

「嫌だと言ったんです。ロレッタは諦めません。僕には彼女が必要だ」

「ならば何故王女をなんとかしなかったんだ！」

「僕でなんとかなるならしていましたよ！　そもそもあれは人外です！　僕は猛獣使いじゃありません！」

「扱えない猛獣なら役目を降りればよかろう！　かわいいロレッタが娘になるのを、私やエリザベスがどれほど楽しみにしていたと思っているのだ、このばか息子‼」

軍人としての冷静さをかなぐり捨て、とうとう本音が飛び出した父親に、ランドルフは深いため息をつく。ちなみにエリザベスとはランドルフの母の名である。ランドルフの両親は、幼い頃から成長を見守ってきたロレッタを、娘同然に可愛がっているのだ。

「……ともかく、僕は諦めません。殿下との噂は真実ではない。フィール伯爵ご夫妻に事情を説明し、誤解を解き、許しを乞うてきます。ですから父上も婚約破棄には応じないでください」

きっと父であれば、フィール伯爵から婚約破棄の申し出があった際に、ひとまず保留にしただろうと推測して言えば、その通りだったようで、ブスッとした顔ながらも頷いた。

「分かっているとは思うが、戦況は厳しいぞ。フィール伯爵は相当頭に血が上《のぼ》っている様子だったし、きっと奥方も同じだろう。最愛の一人娘をコケにされたのだから無理はないが」

いちいち癇に障ることを挟んでくる父親にイラっとしつつも、しかしこの状況が自分の蒔《ま》いた種だとも、嫌というほど理解している。

ランドルフはゆっくりと息を吸い込み、吐き出してから前を見据える。

「どれだけ厳しくとも、やり遂げます」

宣言すると、父が小さく息を吐くのが分かった。それが呆れからくるものなのか、あるいは安堵からのものかは判別がつかなかったが、ともあれ、ロレッタとの婚約破棄には少々の猶予ができたと思っていいだろう。

（君の手だけは、離さない。――絶対に）

＊　＊　＊

彼女に出会ったのは、十歳の時だった。

季節は春だっただろうか。いや、ライラックの花が咲いていたから、初夏だったかもしれない。風に乗って香ってきたその花の芳香に誘われるようにして、ロレッタと二人、入り込んだ教会の墓地に、その人は立っていた。最初は領内の村娘の一人かと思った。着ている物が平民のそれだったし、さして特徴のある容姿ではなかったからだ。

だがランドルフはすぐにその異質さに気がついた。数多く並ぶ墓の中でもとりわけ古い墓石の前で、花を添えるでもなくぼんやりと立っているその横顔は、よく見ればその奥の景色がほんのりと透けて見えていたのだ。

人ならざる者だと思ったランドルフは蒼褪めたが、ロレッタはそのことに気付かなかったようで、いつもの人懐っこさを発揮して声をかけてしまった。その声で二人の存在に彼女が気づき、その黒い瞳がこちらを見た瞬間、ロレッタの身体が崩れ落ちた。

ロレッタを支えたかったが、ランドルフもそれどころではなかった。

膨大な量の記憶が、奔流のように頭の中に流れ込んできていたからだ。

それは前世の記憶だった。ランドルフになる前——ロイという青年だった時の記憶だ。

王国のお抱え学者であったロイは、当時の王の不興を買って追放され、職を失い地方を転々としていた。その頃にユリエを得て共に行動するようになった。話し言葉は通じたが、文字はサッパリ読めず、この世界の常識も何一つ知らないユリエを保護し自分の手元に置いておける状況は、ロイにとって僥倖だった。

当たり前だが、ユリエは元の世界に帰りたがった。だからその方法を見つけるために、二人で旅をして歩いた。その内に、ユリエの芯の強さや、明るさ、そして人に寄り添い、救おうとする優しさと高潔さを知り、彼女をより深く愛するようになった。

だが、結局ロイはユリエを救えなかった。彼女を元の世界へ帰すことはおろか、守ることすらできず、共に殺されることしかできなかったのだ。

最期に来世で結ばれることを誓って、ロイはユリエと同時に息絶えた。

全ての記憶が蘇った時には、滂沱《ぼうだ》の涙を流して、気を失ったロレッタの身体を掻《か》き抱《いだ》いていた。ロレッタがユリエだと、本能で悟っていた。

『ユリエ、ごめん……！　ロレッタ、ごめん、ごめんよ……！　どうか僕を許して……！』

頭の中ではロイとランドルフの意識が交錯していた。泣きじゃくりながらロレッタに縋りついていると、いつの間にか傍に人が立っていた。

ふわりと鼻腔《びこう》をライラックの香りがかすめ、涙で滲む目を上げると、そこにはうっすらと微笑みを浮かべた彼女の顔があった。

『気配を感じて辿《たど》ってきてみれば……こんな所で同士に会えるとはね』

女の瞳は、近くで見ても真っ黒だった。それがまるで底なしの沼のようで、ランドルフはガクガクと震えながらロレッタを抱きしめた。彼女はそんなランドルフを面白がるように見ていたが、不意に何かに気がついたのか、眉根を寄せた。

『……あら？　でも、ずいぶんとこちらに馴染んでいるわね。確かに同士の気配がするのに……妙ね。この子はもう半端者ではなくなっているわ』

言われていることの意味が分からず、また恐ろしさから何も答えられずにいたが、彼女は気にしていない様子で、不躾《ぶしつけ》なほどにまじまじと観察してきた。

やがて気が済んだのか、眼差しが品定めするようなものから憐れむようなものに変わり、ロレッタに向かって「かわいそうに」と眉を曇らせた。

それからランドルフをチラリと窺《うかが》うと、苦く笑った。

『この子を捕らえているのは君ね。ずいぶんと粘着質だ。先の生でも放さず、今の生でもまた縛る気なのかしら？』

ロイの記憶を取り戻したばかりだったが、ランドルフはその台詞の意味を十二分に理解できた。その言葉はどこまでも正しく、だからランドルフは彼女が何者であれ、前世と今世で自分たちの身に起きた奇跡と関わりの深い人物なのだと確信した。

だから、ギュッと目を閉じた。

『……ええ、縛ります。何があろうと、彼女の手を離さないと決めています』

それは懺悔《ざんげ》だった。ロイは己の罪深さを知っていた。そしてランドルフもまた知っている。それがどれほど悪逆非道なことかを理解していながら、ロイは正しい道を敢えて見ないようにしていたのだ。だが、迷わなかったわけじゃなかった。苦悩して、葛藤して——結果、ロイはユリエを死なせた。

『どんな罰が下ろうとも』

言い切ったランドルフに、彼女はフフッと笑って肩を竦めた。

『安心おし。わたしは君の罪を断罪する立場にはない。君の罪を裁く権利は、この子以外にはないでしょうから』

そう言われ、ランドルフは首を捻《ひね》った。ではなぜ彼女は今自分達の前に現れたのだろう。

『わたしは近しい気配を感じてここに来ただけよ』

『それはロレッタのことですか？』

ランドルフの問いに、彼女は微笑んで首肯した。

『この子はわたしと同じだったようね。……けれど、もう違う。わたしと同調する気配が半分だけだわ。そして君は……この世界のもののようね。前世と現世を結び付けているのは君の想いの強さ——』

そこで一旦言葉を切ると、彼女は愉快そうに口の端を上げた。

『それを執着と、人は呼ぶけれど』

『執着……』

その言葉に、ランドルフは妙に納得した。

ユリエを死なせたのも、前世と現世を繋いだのも、すべて自分の執着が原因だったのだ。

『あなたは何者なのですか？』

ランドルフは訊いた。彼女に会ったことで、ランドルフは前世の記憶を取り戻した。彼女の目を見た瞬間、それが起こったのだから。すると彼女は困ったように首を傾げた。

『ここでのわたしはね、何者でもない者、なんだよ』

『……え？』

謎かけのような答えに、思わず怪訝《けげん》な顔になってしまったランドルフに、彼女は苦い笑みを浮かべた。

『この世界に馴染まぬ者。存在できない者。わたしは、以前のこの子と同じなのよ』

そう言われて、ランドルフはハッとした。前世の記憶の中にその答えがあったからだ。

『ユリエは、誰にも覚えてもらえなかった……』

ここではない別の世界から来たというユリエは、誰にもその存在を覚えてもらえなかったのだ。その日会って仲良くなっても、翌日会ってみると、その人はユリエのことを存在ごと忘れてしまう。傍にいる間は覚えていても、一度離れると、ユリエの存在は数週間もすると人々の中から消えてしまったのだ。

例外は、ロイだけだった。ロイだけは、ユリエのことを覚え続けていられた。

だがロイだけは彼女のことを忘れないと分かっていても、ユリエは彼の傍から離れたがらなかった。離れた瞬間、他の人のようにロイにまで忘れ去られることに怯えていたのだ。

この世界での自分が、曖昧な存在だったと知ったユリエの恐怖は、どれほどのものだっただろう。自分がここにいるのだと、誰も認めてくれない。そんな世界にたった一人放り出され、おかしくならない方が不思議だ。

それでも彼女は負けなかった。ユリエの存在は忘れ去られても、ユリエが行ったことはなくならなかった。例えば、ユリエの描いた絵は、人々がユリエを忘れても、残っていたのだ。

それを知った彼女は、自分の行いだけでもこの世界に残そうとした。そして、元の世界の知識を生かし、この世界の人々に医療行為を施していったのだ。

人々はユリエを忘れたけれど、医療知識を与えてくれた女性のことは覚えていた。そしてその記憶にない不思議な女性を『聖女』と呼ぶようになっていったのだ。

ランドルフは顔を上げた。目の前の女性の顔は、どこかで見たような気がした。

『あなたもまた……「聖女」なのですか？』

彼女は笑った。ひどく歪《いびつ》な——愛憎のすべてを詰め込んだような、或いはすべてをそぎ落としたような、そんな笑みだった。

『わたしの名前は、穴井《あない》真理《まり》というの。でも、こちらの世界ではアナマリと呼ばれていたこともあるわ』

『聖女、アナマリ……』

ランドルフは呆然と呟いた。それは千年以上前に存在した、伝説の聖女だ。王国全土で猛威を振るった紫黒病を駆逐したと言われている。

『聖女ってなんなのかしらね。この世界に飛ばされてきたのに、受け入れられず弾かれた存在を「聖女」と言うなら、確かにわたしはそれなんでしょう』

『何故まだ生きているのですか?』

単純に換算して、目の前の女性は千歳を超えていることになる。まず生きていることがおかしいし、その上見た目は十代後半の娘のままだ。

『……多分、この世界ではわたしの時間は動いていないのだと思うわ』

――この世界では、存在することを拒まれているから。

前世を思い出す前なら、そんなばかなと一蹴した話も、今ならば信じられた。

誰からも存在を覚えてもらえず、苦悩し、涙を流したユリエを知っているから。

『あなたも、別の世界から飛ばされた異邦人だったのですね……』

彼女――アナマリは、何も言わずに微笑んだ後、ランドルフに取引を持ち掛けた。それが、ランドルフの願いを叶える代わりに、この国の王家が持つ『紫書』を盗み出し、アナマリに渡すこと。ランドルフは『紫書』の存在を知っていた。何故なら、前世で非常に縁の深いものだったからだ。そして、アナマリが何をしようとしているのかを理解した。

『利害が一致するでしょう?』

首を傾げてそう問われた。ランドルフは首肯し、未だ眠ったままのロレッタの手をギュッと握った。小さな手は、とても柔らかかった。柔らかく、儚《はかな》い、ランドルフの最愛の人。

思えばランドルフは、記憶が戻る前から、ロレッタが心配で心配でならなかった。

自分が傍にいない間に泣いているのではないか、常に漠然とした不安に駆られていた。

実際のロレッタは泣くどころか、優しい両親に愛され、守られ、いつも弾けるような笑顔だったのに。

何故自分が必要もなくロレッタを心配してしまうのか、これでようやく腑《ふ》に落ちた。

（――罪悪感……）

異常なまでの恋情でユリエを自分に縛りつけ、挙句の果てに死なせてしまったロイの罪を、ランドルフは本能で知っていたのだ。

（今度こそ、失敗はしない）

二人が生まれ変わったのも、記憶が蘇ったのも、アナマリに出会ったのも、すべてやり直すためだ。

（今度こそ間違えないよ、ロレッタ）

＊　＊　＊

「お嬢様」

呼ぶ声に、ロレッタはふと目が覚めた。また泣きながら眠ってしまったらしく、頭に鈍い痛みがあって、顔を顰める。すると目元が妙に腫れぼったく、それが不快でまた渋面になった。

ベッドの中でモゾモゾと動いているのが分かったのか、また声がかかる。

「お嬢様、そろそろ起きてはいかがですか。もうお昼ですよ。お腹《なか》も空かれたのでは？」

邸中が傷心のロレッタを腫物のように扱っている中で、久々に聞いた淡々とした物言いに、ロレッタはガバリとシーツの中から顔を出した。

「ゾーイ!?」

「はい、ゾーイです。お嬢様」

ベッドの脇に立っていたのは、領地に残してきたはずの乳姉妹のゾーイだ。艶やかな黒髪を白いキャップの中にしまい、タウンハウスの制服である紺色のメイド服を着ている。

「いつここへ!?」

見知った顔に嬉しくなるロレッタとは裏腹に、ゾーイは相変わらず冷静そのものの口調で淡々と答えた。

「つい先ほど到着したところですよ。奥様のお荷物に入れ損ねた髪飾りを届けるお役目でこちらへ」

「お母様の髪飾りが？　カーミラにしては珍しいわね」

母の支度は、女主人付き侍女《レディーズメイド》の仕事だ。フィール伯爵家のレディーズメイドはカーミラという名前で、自他ともに厳しいしっかり者である。そんな彼女の珍しい失態に、ロレッタは目を丸くする。

「まあ、失敗しない人間などいませんから。カーミラさんでも一年に一度くらいはうっかりするのかもしれませんね」

ゾーイは素っ気なく言って、未だシーツの中に入ったままの主を冷たく見下ろした。

「ともあれ、お嬢様が引きこもっていらっしゃるせいで、わたしが帰れなくなってしまったのですけど」

「えっ」

驚くロレッタに、ゾーイは呆れた顔で説明をする。

「旦那様と奥様に、このまま領地に戻らず、お嬢様を元気づけてほしいと頼み込まれてしまいました。しばらくはわたしもこちらでお世話になることに」

どうやら失恋に塞ぎ込む娘を心配した両親が、娘にとっての一番の友人でもある乳姉妹のゾーイを頼ったようだった。

「まあ……ごめんなさい、ゾーイ。でも、わたしはとても嬉しいわ！　あなたが傍にいてくれると心強いんだもの！」

タウンハウスの使用人もよくやってくれているが、やはり気心の知れたゾーイと一緒にいる方がリラックスできる。それに冷静沈着なゾーイは、すぐに狼狽えてパニックを起こしてしまうロレッタに、いつも的確なアドバイスをくれる頼もしい人だ。だからゾーイにピシャリと言われるのが、一番気が引き締まるのだ。

ニコニコと笑うロレッタに、ゾーイはヤレヤレとため息をついた後、主の被っているシーツをガバリと剥《は》ぎ取った。

「さ、わたしが来たからには、いつまでも寝間着のままでいてもらっちゃ困ります。ちゃんと身支度を整えて、食事を摂《と》っていただくのが第一です。それから、その真っ赤な目の理由をお聞きすることにしましょう」

目敏いゾーイは、ロレッタが泣いていたことにちゃんと気がついていたようだ。最後に付け加えられた台詞に、ロレッタはまたじわりと涙がこみ上げたが、それを振り払うように微笑むと、「ええ」と頷いた。

（……わたしはきっと、ゾーイに話を聞いてほしかったんだわ……）

王宮でランドルフ達の話を盗み聞きしてしまってから、ロレッタは一人で悶々《もんもん》と考えた。自分のこと、ランドルフのこと、前世のこと。いろいろ自分なりに考えて、整理を付けようとしても、悲しみと苦しさで充満する今の胸の裡では、まともな考えはでてこなかった。

だから自分の気持ちを整理するために、ゾーイを頼りたかったのだ。ゾーイはロレッタにとってずっと一緒だった特別な存在だからだ。

今、混乱はしていても、ランドルフが王女殿下と恋人同士であるならば、自分は身を引くべきだということだけは分かっている。ただの伯爵令嬢である自分と結婚するよりも、王女と結婚した方が、ランドルフの将来は安泰だろうし、なにより相思相愛の恋人同士を引き裂きたくはなかった。

それに、ロレッタは何もランドルフや王女を慮《おもんぱか》っているわけではない。そんなに殊勝な人間ではないことは、自分自身が一番分かっている。

身を引かなくてはと思ったのは、自分自身がこのままではひどく惨めだったからだ。

他の女性を愛していると分かっているのに、彼の傍で笑っていることなどできるはずがない。ランドルフを詰ってしまうだろうし、もしかしたら泣いてしまうかもしれない。

そうしたら、ランドルフはロレッタを慰めるだろう。幼い頃から彼はロレッタの涙にひどく弱いのだ。ロレッタが泣き止《な》《や》むまでありとあらゆることをして慰めてくれたものだ。だからロレッタが泣けば、ランドルフは王女との恋を諦めて、ロレッタの傍にいようとするかもしれない。

（でも、そんなことは意味がない）

王女を愛しながら自分の傍にいられても、ロレッタは満足などできない。ロレッタは自分を心から愛してくれる人と一緒に生きていきたい。愛し、愛される関係じゃないと意味がないのだ。だからこそ、ランドルフが愛する人を見つけたのなら、それを祝福するべきなのだ。自分は。

（……だって、多分、ランドルフにとって、前世は関係ないのだもの）

彼はきっとロレッタとは違い、前世を思い出していないのだろう。だから前世の愛に囚《とら》われなかった。幼い頃に前世の記憶を取り戻してしまったロレッタは、きっとあの瞬間からユリエと自分を同一視してしまったのだ。

（ユリエと、わたしは、違うのだわ）

夢の中でユリエの行動をなぞっても、それはあくまでユリエの行動だ。ロレッタが行ったものではない。現に、夢の中でロレッタが自分の思うように動けたことはない。やめて、と思ったことだって、ユリエはしてしまうのだから。

ユリエはユリエで、ロレッタはロレッタだ。同じ人間ではない。

だから、ロイとランドルフだって別の人間なのだ。前世でユリエを愛していたとしても、現世でランドルフがロレッタを愛さなくてはならないわけではない。

（ユリエとロイのように愛し、愛されたかった……）

来世でも、共に――ユリエとロイの誓いを想うと、なぜ、どうして、とそればかりが胸に去来する。何故、自分はランドルフには選ばれなかったのだろう。

（……わたしが、美しくないから……？）

ロレッタの見た目は、可愛らしいとは言われても、美しいとは褒められない類のものだ。母譲りの赤い髪だけは派手だが、それだけだ。凡庸と言う表現が一番しっくりくる。

対するフェリシティ殿下は、美貌の人であるらしい。王宮で盗み聞きをした際、カメリアの垣根を介していたのでロレッタはその姿を見ていない。けれど母に一途《いちず》で他の女性の美醜など気にも留めない父が「美しい」というほどだから、きっと相当な美人なのだろう。

遠い田舎に住む凡庸な婚約者と、毎日傍に仕える美しい貴人。

比較するまでもなく、答えは出ているではないか。

（……分かっている……王女殿下の方が、よほどランドルフに相応しいって……）

どれほど理屈を捏《こ》ねても、ロレッタの恋心が泣き叫ぶのだ。

いやだ、彼の傍にいたい、彼が欲しい、と。

「ねえ、ゾーイ。あなただったら、どうする？」

自分の中の葛藤を押し殺し、ロレッタはポツリと訊いた。ゾーイはロレッタのために食後の紅茶を煎れていた手を止めて、黒い瞳をこちらへ向けた。ゾーイの瞳はいつも同じだ。感情の起伏があまりないせいか、常に同じ温度の光が宿っている。

「何を、ですか？　どうするもこうするも、前提が分からなければこちらとしても答えようがありません」

淡々と指摘され、ロレッタは慌てて自分の頬に手を当てる。つい自分が考えていたことをポロリと口にしてしまった。

「そ、それはそうね」

焦っているロレッタとは裏腹に、ゾーイは平常通りの完璧な所作でロレッタの前に置かれたティーカップに紅茶を注いだ。琥珀色《こはくいろ》の液体が白いカップの中を満たす様を見つめていると、その良い香りの湯気に、自然と微笑みがこぼれる。

「……カモミールティーね。嬉しい……」

これはゾーイお手製のハーブティーだ。独特の匂いなので好き嫌いが分かれるお茶ではあるが、ロレッタはこれにはちみつを溶かして飲むのが大好きなのだ。

毎年カモミールの花が咲くと、ゾーイが作ってくれるのだが、花を一つずつ手摘みして天日干しをするため量が作れず、大事に飲まなくてはあっという間になくなってしまう貴重なお茶でもある。

だからゾーイがこのお茶を出す時は、ロレッタを甘やかそうとしている時や、慰めようとしている時なのだ。淡々としているようで、実は思いやりのある人——それがゾーイだ。

ロレッタがニコニコしていると、ゾーイが微《かす》かに笑う気配がする。

「少し元気になられたようですね。ちゃんとお食事を召し上がらないと、身体から生気が失われるものですよ。そうなると心まで身体の不調に引きずられるんです。心と身体は表裏一体と言いますから。わたしは自己管理能力も淑女の条件だと思います」

ロレッタは力なく笑った。なにしろぐうの音も出ないほど正論だからだ。

「で、先ほどの質問の前提は、『もし婚約者に他に好きな女性がいたとしたら』と言ったところですか？」

「う、面目ない……」

ティーポットをワゴンの上に戻しながら当てられて、ロレッタは目を剥《む》いた。

自分の乳姉妹は魔法使いか何かなのだろうか。

「一応、奥様と旦那様から事情はお聞きしておりますから」

「あ、そ、そうなのね……」

なるほど、と納得しつつ、カモミールティーを一口啜ると、ゾーイが肩を竦めた。

「まあ、わたしはそんな状況になったことがないので、あくまで想像することしかできませんが、わたしなら婚約者に報復しますね」

「ほ、報復⁉」

不穏な単語が飛び出して、ロレッタは仰天して甲高い声を上げる。だがゾーイは当たり前のように顎を反らした。

「だって婚約者ですよ？　結婚の約束——いわば契約を結んでいたにもかかわらず、それを反《ほ》故《ご》にされたわけですから。反故した側が契約違反でペナルティを課されるのは当然じゃないですか？」

「そ、それは、そうだけど……」

ゾーイのキリッとした黒い瞳を向けられて、ロレッタはオロオロと視線を彷徨《さまよ》わせる。

理屈では納得できても、ランドルフに報復したいかと問われると、そこは首を傾げてしまう。

確かに、何故、どうして、と詰りたい気持ちはある。前世であれほど強かった絆が、現世ではあっという間に心変わりされてしまうような脆弱《ぜいじゃく》な繋がりへと変わってしまったことが悲しかったし、悔しかった。

（……でも、想いは縛れない……）

人が誰かを好きになる気持ちは、どうしようもないものだと、ロレッタは知っている。

何故ながら、ユリエがそうだったからだ。ユリエは元の世界に帰ると決めていた。自分がこの世界で誰にも覚えてもらえないことを知ってからは余計に。世界から自分が弾かれているのだと突きつけられる毎日に、望郷の念は募るばかりだった。

その一方で、自分を唯一覚えていてくれて、そして傍にいて支えてくれるロイに対する思慕もまた、同じくらいに募っていった。彼を好きになってはいけないと、理性がずっと警鐘を鳴らし続けていた。好きになってしまえば、彼と離れられなくなる。元の世界に帰れなくなってしまうから。結局、ユリエは故郷よりもロイを選んだ。最期の時ではあったけれど、来世でもロイの傍にいることを望んだのだから。

（誰かを愛する気持ちは止められないって、わたしは知っているもの……）

きっと元の世界でのユリエの家族や親しい友人は、彼女がいなくなったことを悲しんでいるだろう。それが分かっていても、ロイを愛してしまった。

（……ランドルフの心変わりを責める資格は、わたしにはない。わたしは……わたしは、自分がユリエの生まれ変わりだということに胡坐《あぐら》をかいていたのだもの）

ユリエの生まれ変わりだというだけで、ロレッタはロイに好かれる努力をしてこなかった。

二人は結ばれる運命なのだから、離れるはずがないのだと思い込んでいた。

ロイが王都に行ってしまってからも、会えないことを寂しがるばかりだった。本当に会いたいなら、自分が王都へ行けばよかったのだ。行かなかったのは、領地で両親に守られた生活が、居心地が良かったからだ。

（ユリエなら、きっと会いに行っていた……）

ひたむきで、行動力があって、目的のために真っ直ぐだったユリエだから、ロイに愛されたのだ。何もしていない自分は、ランドルフに心変わりされても仕方ない。

「……わたしは驕《おご》っていたのよ、ゾーイ」

カモミールティーの入ったカップをソーサーに戻して、ロレッタはポツリと言った。

「ランドルフが自分のものだって思っていたんだわ。人を所有することなんて、誰にもできないのに……」

ユリエの時ですら、ロイはユリエのものではなかった。お互いが歩み寄り、手を取り合うことが、彼らにとっての愛だったのだ。それをいつの間にか忘れてしまっていた。

自嘲の笑みを浮かべるロレッタに、けれどゾーイは首を傾げる。

「今は、人を所有する、しない、の話ではありません。お嬢様がダントン卿の不貞を許さず、婚約破棄に踏み切ったことを後悔なさっているかどうか、という話です」

不可解そうに眉根を寄せて言われた台詞に、ロレッタは目を見開いた。

「わたしが後悔……？」

「ですから、わたしが同じ立場だったらどうしていたか、とお尋ねになったのでしょう？」

「……なるほど。そうだったのかもしれないわ」

目からうろこが落ちるような気持ちで、ロレッタは頷く。ランドルフとの婚約破棄を決意したにもかかわらず、ずっとベッドに潜ってこれまでの経緯を反芻し、メソメソと泣いてばかりいたのは、自分の決断に自信が持てなかったからだ。

ゾーイに訊ねて、彼女が自分と同じ結論にたどり着くのを見て、安心したかったのだろう。

「ゾーイは、わたしがランドルフとの婚約を破棄したこと、正しかったと思う？」

本当に訊きたかったことを言葉にすると、ゾーイは一瞬考えるように瞼《まぶた》を閉じて、またパチリと開いて言った。

「さあ？」

拍子抜けする返答に、ロレッタはがっくりと肩を落とす。

「さあって……そんな適当な……」

「だって、それを判断するのは、わたしでは意味がないです。当事者じゃありませんから。これが仮に旦那様だったら分かりますよ。旦那様にとって娘の婚約はフィール伯爵家にかかわる重大事項ですから、十分に当事者ですし。でもその答えも、旦那様の中での判断での正誤です。正しいか正しくないかなんて、人の価値観によって変わります。多分ですけれど、お嬢様が訊きたいのは、お嬢様の中で正しいかどうかということなのでは？」

「……わたしの中で、正しいかどうか……」

ロレッタは、言われた言葉をなぞるように繰り返した。

ランドルフが他の女性を愛していると知りながら、彼の傍にいることの惨めさに耐えきれず、父に事情を話して婚約破棄を申し出てもらった。そのことを、自分は正しいと思えていないのだろうか。だから後悔して、不安なのだろうか。

考え込んだロレッタに、ゾーイは薄く笑みを浮かべた。

「……結論は、急がなくていいと思いますよ。正しいか正しくないかなんて、人の見方でも、時代でも変わる流動的なものでしかない。大切なのは、お嬢様が、自分が今幸せであると思えることです」

そう言うゾーイの表情はとても静かで、凪《な》いだ湖面のようだった。

自分の乳姉妹は、時々こんな顔をする。それがロレッタは不思議だった。

「あなたって、まるで賢者みたいなことを言うのね」

嫌味ではなく、心からそう思って言ったのに、ゾーイは嫌そうに鼻に皺を寄せる。

「年寄り臭いということですか」

「そ、そんなこと、言ってないわ！」

慌てて否定したけれど、ゾーイのご機嫌は直らなかった。

ブスッとした顔のままジロリと睨まれる。

「お嬢様はもう少し大人におなりください。ベッドに籠っていたって現実は変わりませんよ！　明日はノーフォーク伯爵家の夜会です。舞踏会ですから、壁の花にならないようにちゃんとワルツを練習してくださいよ！　お相手の足を踏むなんて、みっともないことしたくないでしょう？」

「う、は、はい……！」

現実をビシッと突きつけられて、ロレッタは気が重くなりながらも頷いた。

（夜会……ランドルフは、来ないわよね……）

本当なら、ロレッタも出たくはない。きっとランドルフとの婚約解消が噂になっているだろうし、面白おかしく自分のことを言われているのを想像すると、とても嫌な気持ちになる。

（でも、それが社交界だもの……）

婚約解消は、そう珍しいものではない。貴族社会における結婚とは家同士の繋がりでもあり、様々な事情が絡むため、よくある話なのだ。

未婚の貴族令嬢にとって、婚約解消したからと失恋に浸っている暇などない。

社交シーズンは年に一度しかなく、これを逃せば来年まで待たねばならず、その間にまた一つ年を取るわけである。花の命は短い、とはよく言ったもので、年を取れば取るほど『売れ残り』と見なされる厳しい世界だ。

（女性の人権ってどこにあるのかしら……）

などと、ユリエとしての記憶も持つロレッタとしては不満を抱いてしまうが、それを今言っても詮のない話だ。とりあえず、ロレッタはランドルフと破局したとはいえ、社交を放棄するわけにはいかないのである。

（……わたしだって、幸せになりたいもの……）

愛する人と結ばれなかったからといって、自分のこの先の人生が不幸せなものである理由なんてないはずだ。この人生で、ランドルフしか愛せないなんてことは、おそらくないはずだ。

……きっと、多分。

報復、という言葉を聞いた時に仰天したように、ロレッタは彼の不幸を望んではない。

今はまだ悲しみや苦しさといった雑念が多いけれど、きっと時間が経《た》てば、彼の幸せを心から祈ることができるだろう。そこまで考えて、ロレッタは吐き出すように笑った。

「……わたし、まだランドルフのことを愛しているみたい……」

ぽつりと吐露するロレッタに、ゾーイは何も言わず、主の背中をそっと撫でたのだった。

＊　＊　＊

ノーフォーク伯爵家での夜会は盛大なものだった。

広大なボールルームは真紅と金をメインにした家具で美しく彩られ、テーブルには芸術的な料理が並ぶ。中央にはダンスホールが設けられ、その脇にオーケストラが腰を据え、会場に優雅な曲を流している。招待客は多く、人がひしめくようで、ご婦人方の色とりどりのドレスが、まるで花のように会場を彩っていた。

「さすが、今を時めくノーフォーク伯爵ね」

「石油採掘業ってそんなに儲《もう》かるんだねぇ」

目敏い母とのんびりした父の会話を聞きながら、ロレッタは周囲に目を走らせる。ザッと見たところ、ランドルフはいなさそうだ。ホッとすると同時に寂しさが込み上げて、自分の抱える矛盾に苦笑するしかない。

「おや、我々のお姫様が笑った」

「本当だわ。良かった、元気になって！」

両親に口々に言われて、ロレッタは心配をかけていたことに申し訳なくなった。

「寝込んだりして、ごめんなさい、お父様、お母様。でも、ゾーイにシャンとしなさいって言われて目が覚めたから、もう大丈夫よ」

明るくそう言って見せたが、二人とも不思議そうな顔をしていた。

「ゾーイ？」

父になんのことだ、と言った具合で訊き返されて、ロレッタの方が戸惑ってしまう。

「え？　ゾーイをタウンハウスに引き留めてくださったのは……」

そう言いかけた時、聞き覚えのある声に名前を呼ばれた。

「やあ！　ロレッタ嬢、来ていたんだね」

王都で知り合いなどほとんどいないのに、誰だろうと振り返ると、そこにはセドリックとミランダの、ラスゴー伯爵家兄妹が立っていた。

「まあ、セドリック、ミランダ！　お会いできて嬉しいわ！」

「わたしもよ、ロレッタ！　具合はどう？」

兄妹はロレッタの両親に挨拶をすると、ロレッタとハグを交わして微笑み合う。

ミランダは一度お茶会に招待をしてくれたのだが、その時ロレッタは失恋の病の床に伏していたため、断ってしまったのだ。きっと心配してくれていたのだろう。気遣わしげにロレッタの顔を見て、手を握ってきた。

「ありがとう。もう良くなったの」

「……良かったわ！　ねえ、あっちでお話しない？　フローラも来ているのよ！」

誘われて両親を見ると、にっこりと笑って頷いてくれたので、彼らと一緒に行くことにした。晩餐会に招くだけあって、ラスゴー兄妹のことは信用しているようだ。

ミランダに手を引かれて行くと、フローラが手を振っているのが見える。

彼女もロレッタの顔を見てホッとしたような表情だ。

「ロレッタ！　良かったわ、元気そうで！」

ハグをされてそう言われ、ロレッタは、じん、と胸が温かくなるのを感じる。

「体調が悪かったのですって？　わたし……わたしたち、あの話をあなたにしてしまったからと……」

フローラは目に涙を浮かべてロレッタの顔を覗き込んできた。ああ、そうか、とロレッタは気づく。この三人は、ロレッタの不調が自分達のせいなのではないかと心配していたのだ。

「いいえ、そうではないの。体調が悪かったのは本当だけれど、それが原因ではないのよ。それにあの噂は、いずれはわたしの耳にも、両親の耳にも入ったでしょうから。先に教えておいてくれて、良かったと思っているのよ」

「ロレッタ……」

「それに……彼との婚約は、解消してもらったから」

付け加えた台詞に、三人が驚愕の表情になる。

その反応に、ロレッタの方が意外だった。てっきり自分とランドルフの婚約解消は、とっくに知れ渡っている話だとばかり思っていたのだ。ショックを受けて蒼褪めるミランダとフローラは黙り込んだが、セドリックは難しい顔で腕を組んだ。

「……ではやはり、ダントン卿は……？」

その確認に、ロレッタは苦笑いをしてコクリと首肯した。

「彼が王女殿下を自分の恋人だと宣言するのを聞いたの」

「ああ、ロレッタ……」

堪らない、というふうに、ミランダが身を寄せて抱きしめてくる。その抱擁に「ありがとう」と返しながら、ロレッタは殊更明るく微笑んで見せた。

「皆、そんな顔しないで。正直に言えば、もう過去のこと、とまで吹っ切れてはいないけれど、でも、前を見ないといけないって分かっているから」

過去のこと――そう一言で切り捨てられるようになるには、どれくらいかかるだろうか。

（わたしにとっては、ユリエの想いも含めた、過去だわ）

上手く立ち回れなかった。ユリエは全身全霊でロイを愛した。そのユリエの想いを受け継いでいながら、ランドルフを精一杯愛することができていなかったから、前世から繋がっていた絆が断たれてしまったのだろう。

ゾーイとの会話の後、何度考えてみてもそこに考えが辿り着く。

（ランドルフは恋をしただけ。わたしとは、恋ではなかったのかもしれない）

幼い頃から傍にいて、婚約者同士だった。お互いに大切に思ってはいたけれど、そこに恋情があったかと問われれば、答えは出ない。ランドルフの心を知ることはできないからだ。

ロレッタは前世の記憶があったから、彼と自分が結ばれる運命なのだと思い込んだ。――だが、ランドルフは？　もし記憶がないのだとすれば、彼は前世の介入なく、まっさらな今を生きているのだろう。

（……そうして、王女殿下に出会った……）

その魅力に逆らえないほど、フェリシティ殿下は素晴らしい女性なのだろう。前世に胡坐をかいて、夢が叶うことを待っていただけの婚約者など、色褪《いろあ》せて見えるほどに。

「わたしも、彼に負けないように、新しい恋を探さなくちゃ」

右手を拳にして意気込むと、もともと抱き着いていたミランダの上に、さらにフローラも加わった。

「ロレッタ！　なんて健気《けなげ》なの！」

「わたしたち、なんでも協力するわ！　良さそうな人がいたら言ってちょうだい！」

「あ、ありがとう……」

二人がかりでぎゅうぎゅうと抱き締められて苦しいほどだったが、彼女たちの気持ちが嬉しくて、今度は愁いのない本物の笑みがこぼれた。

すると女子三人の様子を見守っていたセドリックが、スッとロレッタの前に手を出す。

「では、ロレッタ嬢。新たな第一歩として……僕と踊っていただけませんか？」

ロレッタは驚いたし、彼といい感じに進展していたフローラを差し置いてのファーストダンスを、と躊躇《ちゅうちょ》したが、フローラもミランダも満面の笑みで頷いてくれたので、その手を取ることにした。目の前の手に自分の手を重ねると、セドリックが満足そうに微笑み、ロレッタを会場の中央に連れて行く。互いに向き合い、礼をしてから曲に合わせてワルツのステップを踏み始めた。

「おや、デビュタントとは思えないほどお上手だ」

「ふふ、あなたも」

セドリックの軽口に、ロレッタも負けじと応じる。年長者だけあってダンスにも慣れているようで、セドリックのリードは巧みだった。心地よく踊れる楽しさに、ロレッタの表情が明るく解ける。ゾーイに釘を刺され、昨日ずっとダンスの練習をしていた甲斐《かい》があった。

曲が終わり、セドリックが恰好をつけた礼を取るので、笑いながら自分も礼をする。

「楽しかったわ！　とっても素敵なリードでした！」

「それは恐悦至極」

ミランダとフローラのところへ戻ろうとした時、会場がザワッとどよめいた。

「なんだろう」

セドリックが訝しんで呟いたと同時に、入り口から煌《きら》びやかなドレスを身に纏った、妖精のように美しい女性が現れた。

「フェリシティ殿下……！」

隣でセドリックが呆然と呟いたので、ロレッタの心臓がドクリと音を立てる。

（フェリシティ王女殿下？　あの方が……！）

思わず食い入るようにその姿を見つめてしまう。亜麻色の艶《つや》めく髪を高く結い上げ、遠目からでもハッキリとわかるほど、鮮やかな空色の瞳が輝いている。華やかなデザインのドレスを身に纏った姿はほっそりとしていて、今にも折れてしまいそうなほど華奢《きやしゃ》だ。

その王女をエスコートする騎士を見て、ロレッタは息を止める。

「――ランドルフ……」

漆黒の黒髪を丁寧に撫でつけ、均整の取れた長身を黒い騎士服に包むその姿は、亜麻色の髪に薔薇色のドレスを纏う王女と対をなしているかのようだ。ザッと血の気が引いた。今夜の夜会は大きな催しで、もしかしたら会うかもしれないとは思っていた。実際、婚約解消がなければ、ランドルフにエスコートしてもらう予定だったのだから。

（でもまさか、王女殿下と一緒の姿を見せられることになるなんて……）

いくら自由の身になったといえ、あまりに無神経ではないだろうか。悲しみと悔しさが込み上げて、彼らから目を逸《そ》らす。これ以上、二人の寄り添う姿など観ていたくなかった。

その場から離れようと足を動かすと、血の気が引いたせいかグラリと足元がふらついてしまう。するとグイと腰を掴まれ、驚いて目を上げると、眉間に深い皺を寄せたセドリックの顔があった。彼は王女たちの方を睨んだまま、ロレッタを抱えるようにして支えると、「行こう」と言ってミランダ達の待つ場所へと足を向ける。

だがその足はすぐ止められることになった。

他でもない、王女殿下に呼び止められてしまったからだ。

「ああ、あなた……ちょっと待ってくださる？　ええと、そうそう、ロレッタ・マリー・フィール！」

まさか自分の名前が呼ばれるなど思いもしなかったロレッタは、その場に凍り付いた。

ロレッタを支えているセドリックもまた、驚いたように目を見開いている。

ロレッタやセドリックだけではない。周囲もまたその状況を驚いて見守っていた。なにしろ、噂の三角関係の当事者たちのご対面だ。これからランドルフを巡るキャットファイトが繰り広げられるのかと、皆好奇心に満ちた視線を向けているのが肌で感じられた。

（……どうして？　何故、わたしを……？）

ロレッタは恐慌状態に陥っていた。二人の姿を見ることすら辛いのに、自分から婚約者を奪った恋敵に呼び止められるなんて。どんな顔をして対応すればいいというのか。

できるならば逃げ出したかったが、王族に呼び止められて無視するわけにはいかない。

仕方なく振り返ると、そこには麗しい笑顔を浮かべた王女の美貌があった。

（……なんて、美しい人なの……）

儚げな美貌に細い身体、けれどその身体から発するオーラは太陽のように輝かしく、強い。

（……ああ、似ている……）

ロレッタは、ランドルフが何故この人に惹かれたのかが分かった気がした。

繊細そうな見た目とは裏腹な、身の内側から発光するような、眩《まぶ》しい生命力——ユリエと王女の共通点だ。ユリエと王女は似ているのだ。奇妙な気持ちだった。ユリエは確かに自分のはずなのに、自分にはその類似点がなく、他の女性にはそれがある。

どうやら王女は人込みを縫うようにして走ってここまで辿り着いたらしく、慌てて追いかけてきたランドルフが王女の背後に立った。

その顔を見たくなくて、ロレッタは咄嗟に目を伏せる。彼を目の前にすると、やはり会いたくなかったという気持ちが強くなった。恋に破れて、傷ついた胸がじくじくと痛んだ。

王族を前にして立ち尽くしているわけにはいかない。ロレッタは膝を折って首を垂れ、最上級の礼をとった。チラリと窺えば、セドリックもまた同じようにしていた。

「ああ、そんな畏《かしこ》まらなくていいから、立ってほしい」

できればこのまま二人の姿を見ないで終わりたかったが、王女に促されては仕方ない。しぶしぶ立ち上がったものの、ロレッタは決してランドルフの方を見なかった。

「ええと、わたしはフェリシティ・ロレイン・ミア・レーヌ。一応、この国の第二王女です」

「……存じ上げております。才媛と名高いフェリシティ王女殿下のお噂は、かねがね。わたくしはフィール伯爵の娘、ロレッタ・マリー・フィールと申します。本日はわたくしのような者が殿下に拝謁《はいえつ》できましたこと、大変光栄にございます」

これまで培《つちか》ってきた淑女教育の賜物か、スラスラと口上が出て来て安堵する。ここでいつものようなヘマをするのは、あまりにも惨めすぎる。

ロレッタの丁寧な口調に、王女は少し戸惑ったような顔をした。恋人の元婚約者が、想像と違っていたのだろうか。

（彼の隣に立っていた女性が、大したことがなくて拍子抜けしたのかしら……）

そんな意地悪を考える自分に驚いてしまう。自己嫌悪でますます視線が下がった。

「あー、その、わたしはあなたと話をしに来たのです。お時間をいただけます？」

困ったような口調で問われ、ロレッタは顔を引き攣らせた。話とは一体なんなのか。婚約者を奪われた人間に、さらに二度と彼に近づくなと念押しでもするつもりなのだろうか。

（……そんなこと、しなくたって……）

ぎゅ、と握った拳が震えた。ランドルフには幸せになってもらいたいと、そう思っている。そのために自分が邪魔ならば、もちろん近づくことだってしない。

だがそれを外ならぬ王女に念押しされるなんて、この上なく惨めで情けない。

悲しみ、悔しさ、怒り——そんな負の感情ばかりがごちゃまぜになり、ロレッタは血の気が下がっていくのを感じた。手足の指の先が冷たい。冷たい汗が湧き出て、背中をツウッと滑り落ちていく。

（――あ、ダメ……貧血……）

視界が狭窄《きょうさく》し、グラリと身体が揺れた。

「ロレッタ！」

聞こえたのは、二人の男性の声だった。一人はセドリック、そしてもう一人は、ランドルフのものだ。ロレッタの身体を支えてくれたのは、傍に立っていたセドリックだった。ロレッタの身体を腕の中に抱えるようにしてくれている。一方で、右腕を強い力で掴まれてもいて、ロレッタはその痛みに呻き声をあげた。貧血を起こしたせいで気分が悪く、目も開けられなかったが、腕を掴んでいるのが誰かは分かっていた。

「……彼女を放せ、バルディ卿」

唸るような低い声で、ランドルフが言っている。

（……何故……？）

どうして婚約解消をしたのに、ロレッタに構おうとするのだろう。

もう放っておいてほしいのに。

「何故君にそんなことを言う権利が？　婚約は解消したのだろう？」

ランドルフに応戦するセドリックの声には、呆れが混じっていた。それはそうだろう。これ

までの経緯を知っている者ならば、ランドルフの行動は褒められたものではない。

「婚約解消……それを、誰から聞いた！」

「彼女自身だよ。君こそその手を放したまえ。彼女が痛がっている」

ランドルフの声が珍しく感情的なのに対し、セドリックはあくまで冷静だ。この喧嘩一歩手前の火花の散った状況を、周囲が面白がらないわけがない。ざわめきは大きくなり、騒ぎになりそうなところで、冷厳な声が割って入った。

「そこまでにしていただこう！」

現れたのは、父――フィール伯爵その人である。普段の柔和な伯爵とは思えないような、冷たい表情と声だった。

「王女殿下にはご機嫌麗しく――しかし今は緊急の事態ですので、ご無礼を。そしてダントン卿、我が娘から今すぐその手を放していただこう。さもなくば、この場で君を殴りつけることになるが、よろしいか」

ロレッタの父の登場に、さすがにそれ以上はできないと踏んだのか、ランドルフはロレッタの腕から手を放した。

「バルディ卿、すまないが、娘を妻に預けてもらえるか」

「はい」

父はセドリックにそう言うと、王女とランドルフに向き直る。

ロレッタは母の所へ連れて行かれそうになるのを、セドリックの腕を掴んで止めた。まだ少しふらつきはしたが、気分の悪さはもうなくなっていた。それよりも、自分のいないところで何かが決まってしまうのは嫌だと思ったのだ。

「ここにいさせてください」

ロレッタの懇願に、セドリックは気遣わしげな顔をしたが、父が仕方なさそうに頷いたので止めなかった。

「さて、フェリシティ殿下。お連れのダントン卿と我が娘は、現在婚約解消の交渉中でしてね。親として、彼を娘に近づけるわけにはいかないのですよ。婚約解消の経緯は、もちろん殿下もご存じかと思ったのですが」

父が言わんとしていることを理解しているのか、さすがに王女が気まずげな表情になる。

「あ、ああ。知っている。だが、だからこそ彼女と話がしたくて……」

「ご存じであってなお、このような真似を……？　だとすれば、私は叱責覚悟で陛下に直訴《じきそ》しなくてはならない」

「な……！」

さすがに自分の親ほどの年齢の貴族に、父王に直訴すると言われると、王女も顔色を変えた。フィール伯爵は穏やかな人柄で有名だが、実力がないわけではない。むしろその人好きのする性格で人を使う術に長《た》けており、若い頃は政務官長として人を纏めていた。本人の希望で領地に引きこもったが、王から宰相候補として期待されていたほどの人物だったのだ。

「ロレッタは私と妻の最愛の一人娘です。その娘をここまで虚仮《こけ》にされ、黙っているほど、私に牙がないわけではない。……無礼を承知でひとつ忠告を。我々は王陛下の忠臣ではあるが、王女殿下の臣ではない。それを今一度理解なさったがよろしいかと」

底冷えのする声音で突きつけられた正論に、フェリシティが二の句を継げず押し黙る。

声を発したのはランドルフだった。

「フィール伯爵、どうか――」

「君はうちの娘をこれ以上貶《おとし》めるつもりか？」

ランドルフの声は、父の容赦ない一言に遮られる。王女の時よりも更に冷えた声音だった。

こんなに厳しい父を初めて見た。

ロレッタは驚きつつも父の傍まで行くと、そっとその腕に触れた。

（ちゃんと、言わなきゃ……自分の口で）

ランドルフが王女を恋人だと言った以上、自分との道は分かたれたのだ。

（きっと、ランドルフは謝りたいんだわ）

ロレッタは婚約解消を父から申し出てもらった。貴族の婚約だから、家長と家長の間で話し合われるべきことだから当然と言えば当然だったが、これまでロレッタとランドルフは、親を介さずに関係を築いてきたのだ。婚約解消だけ、本人同士のやり取りなしで事が進んでしまい、ロレッタに謝れないままなのが苦しかったのだろう。

（……でも、わたしは、謝ってなんてほしくない……！）

謝るくらいなら、心変わりなどしないでほしかったし、どうしても好きになってしまったというなら、ロレッタにそう話してほしかった。ロレッタは悲しんだし、苦しんだだろうけれど、今感じているような情けなさはなかったはずだ。

（……そうか。わたしは、ランドルフに呆れているんだわ）

これまでロレッタはランドルフを盲目的に愛してきたし、信じてきた。きっとそれは、理想化してしまったランドルフを愛しているようなものだったのだろう。会えない時間が長かったし、その上ロレッタは前世の記憶のせいで思い込みが激しくなっていた気もする。

勝手にランドルフを理想化していたのかもしれない。

理想と違っていたから呆れる、というのも少々的外れだが、今ようやく本当のランドルフと向き合っているのではないかとロレッタは思った。

（……それに、わたしは呆れて良い立場なはずだわ）

「お父様」

娘の声に、父はその眼差しを緩めてそちらを振り返る。ロレッタが自分を越えて前に進み出ようとするので、慌てて腕を伸ばして自分の背に庇い直した。

「ロレッタ。出てこなくていいんだよ」

「いいえ。わたしの口から、ちゃんと言いたいのです」

決意を込めて言うと、父はしばらく娘を見つめた後、ため息をついて好きにさせてくれた。

ロレッタが前を見ると、そこにはやや呆然とした顔の王女と、こちらをじっと窺うランドルフがいる。

「あの……」

ようやく話ができる相手が出て来たと思ったのか、王女がホッとした顔で口を開いた。

けれどロレッタは首を横に振ってそれを止める。

「フェリシティ殿下。お話があるとのことでしたが、不遜を承知で申し上げれば、わたくしには話したいことなどないのです。……ですが、ご不安もおありでしょう。ですから、この場を借りて誓います。わたくし、ロレッタ・マリー・フィールは、殿下とダントン卿の仲を邪魔したりなど決して致しません。そしてわたくしのことは、できればこのままそっとしておいていただく……」

「そ、それでは困るのよ！」

ロレッタの言葉を、焦ったように王女が遮った。ロレッタは一瞬ポカンとして王女を見る。

王女はきれいな顔を困ったように歪め、しきりとこめかみを指でこすっていた。

「何故困るのですか？」

思わず訊き返してしまったのは仕方ないだろう。ランドルフと恋人同士である王女は、彼の元婚約者であるロレッタに身を引いてもらえば嬉しいだろう。困るはずはない。

　父を見れば、父も不可解そうに眉根を寄せている。

「あー……ええと、その……」

　胡乱《うろん》げな眼差しを受けて、王女が視線を泳がせた。王女の挙動不審さを見かねたのか、ランドルフが一歩前に出る。

「殿下。もうよろしいかと」

「え……でも、お前……」

　おそらく撤退を示唆する言葉に、王女が驚いたように目を見張る。

「この状況では、これ以上は無理です。それに、この騒ぎを嗅ぎつけてゲオルグ殿下がこちらに来られる可能性も」

「えっ……！」

「ノーフォーク伯爵はこの夜会に、あらゆる王侯貴族に招待状を出しているそうですから」

「そんな……か、帰ろう、ランドルフ！」

　何の話なのか見当がつかなかったが、王女がランドルフに縋りつかんばかりになったのを見て、ロレッタは視線を下げた。二人の親しげな姿を見せつけられるのは、やはり胸が痛む。早く二人が去ってくれることを祈っていると、不意に名前を呼ばれてドキリとした。

「ロレッタ」

ランドルフの声は固かった。これまでにこんなふうに名前を呼ばれたことなどなかった。彼が自分の名を呼ぶ時は、いつも柔らかく、甘い声だったのに。

ノロノロと視線を上げると、ランドルフの金色の瞳がヒタと自分に据えられていて、ロレッタは息を呑む。まるで猛禽類《もうきんるい》のような眼差しだった。

「……それが君の出した結論なんだね?」

低い声が問い、ロレッタは震えそうになる喉に、必死で力を込める。

他の女性を愛するランドルフの傍にはいられない。何度考えても、その結論に達した。だからロレッタはランドルフの射るような眼差しを正面から受け止め、ハッキリと答えた。

「はい」

ロレッタの返事に、ランドルフは一瞬目を閉じて押し黙る。

だがすぐに目を開くと、「わかった」とだけ答えた。

それからおもむろに父に向って一礼すると、王女の手を取って言った。

「……殿下、参りましょう」

「あ、ああ……」

王女は戸惑いを隠せない様子で、ランドルフとロレッタを交互に見ていたが、促されるままに彼の手を取って歩み始める。

騒ぎを取り囲むように見物していた人々は、王女とランドルフのためにバラバラと道を空けていく。やがて人込みの中に消えていく後ろ姿を見つめながら、ロレッタは自分の初恋が終わったことを、唇を噛み締めて実感していた。

呆けたように佇《たたず》んでいると、肩に父の大きな手が乗った。

「……ロレッタ。疲れただろう。お母様の所に行って少し休んでいなさい。私はノーフォーク伯爵の所に行って、今回の騒ぎを詫び、暇を告げてくるよ」

「……はい。お父様」

頷くと、父は安心させるように微笑み、ポンポンと娘の頭を撫でる。

「実はお母様は少し酒に酔ったようでね。客間の一室を借りてそこにいるから、君も馬車の支度が調うまでそこで休んでいるといい。……バルディ卿、頼めるかな？　青の間だ」

「はい」

セドリックが頷き、ロレッタの手を取って歩き出す。

「……ごめんなさい、セドリック。巻き込んでしまって……」

自分を励ますためにワルツに誘ってくれただけなのに、こんな騒ぎに巻き込むことになってしまったことを詫びると、セドリックは肩を竦めた。

「友達だろう。何言ってるんだ」

「でも、あなたはフローラと踊りたかったでしょう？」

こんな騒ぎになってしまえば、今夜はセドリックも帰るしかないだろう。

フローラとの仲を進展する機会だったというのに、と思うと申し訳なくなる。

「シーズン中なんだから、いくらでも機会はあるさ。気にしないで。……それに、君が謝る必要は本当にないよ。君だって被害者だろう。あれは完全に王女殿下が悪いよ。こんな夜会で人目があるにもかかわらず、君に声をかけるなんて信じられない。型破りな王女だって有名だったけど、やはりとんでもない人だな」

セドリックはぶつぶつと文句を言っていたが、ロレッタは苦く笑うだけに留める。

これ以上彼らの話はしたくなかった。

やがて父の言っていた部屋に辿り着き、母にロレッタを預けると、セドリックは会場に戻っていった。

「話は聞いたわ、可哀そうに。顔が真っ青じゃないの。ソファで横になっていなさい」

母は娘の顔を見るなり、抱き締めてソファへ促した。ロレッタ自身も先ほど貧血を起こして倒れかけたばかりだったので、大人しくソファに身を預ける。

「大丈夫？　お水は飲めそう？　ああ、わたしったら、全部飲んでしまったわ。ちょっと待っていてね、もらってくるから」

酔ってここで休んでいたという母は、置かれていた水を全部飲んでしまっていたようで、「人手が会場に出払っているみたいで、この部屋にはメイドがいないみたいなのよね」とぼやきながら部屋を出て行った。その声を聞きながら、ロレッタはゆっくりと目を閉じる。やはり疲弊していたようで、とろりと睡魔が襲ってきた。

（……ああ、でも、眠りたくない……）

眠ればまたユリエの夢を見るかもしれない。愛し合った二人の愛を、自分とランドルフの手に渡った現世で、今しがた壊したばかりだ。そんな時に、彼らの夢など見たくなかった。

だが意思とは裏腹に、彼女の意識は眠りの世界へと落ちていった。

＊　＊　＊

古い石造りの教会の中を、コツ、コツ、と硬質な音が響く。

足音だ、とロレッタは思う。履いている木靴の底は固く、石とぶつかると高い音が出るのだ。

古い、さびれた教会の床は、崩れていても良そうなものなのに、何故か罅《ひび》一つなくその形を保っている。もう神父も、信者もいない、忘れ去られた数百年以上前の建物だ。石造りであったために、その形を保っていられるのだろう。

朽ちているのに、神聖さだけは保たれた、不思議な場所だった。

ここに、自分とロイは辿り着いた。元の世界へ戻るための方法を探して。

（元の世界？　それってどこのことかしら？　ああ、そうか、これは……）

その単語で、自分は夢の中にいるのだと理解する。

『ねえ、見て、ロイ！　ここに文字が刻まれている！』

祭壇らしき物を探っていたユリエが、振り返って叫ぶ。別の場所を探っていたロイが手を止めてこちらへやって来て、腰を屈《かが》めてユリエの背後から覗き込むようにして、彼女の指さすものを見た。文字が読めないユリエに代わって、読んでくれるのだろう。

ロイの髪が頬をくすぐる感触に、ユリエの胸が早鐘を打つ。もうずっと一緒に旅をしてきて、寝顔だってお腹の音だって知られているほどの仲だ。それなのに、こんな些細な触れ合いでドキドキするのだから、恋する乙女とは困ったものだ。

だがユリエは分かっている。この想いが良いものではないことを。

自分はこの世界の異分子だ。誰の記憶にも残らない——存在を忘れられてしまうという現象は、この世界から拒絶されているのだと、ユリエは解釈していた。だがそれを悲しいと思うよりは、怒りの方が先立ってしまう。ユリエとて、来たくてここに来たわけじゃない。拒むなら拒めばいい。自分だってこの世界を拒んでやる、と。

この世界を拒むのは、腹立ちだけが理由ではない。自分がいなくなって、家族や友人はどれほど心配しているだろう。大好きな、愛しい人たちに会いたかった。

(だからわたしは、絶対に元の世界に帰らなくちゃいけないの……！)

そのためには、この世界で愛しいものなんて作ってはいけないのだ。

『……ああ、これは、アナマリ様の伝説が彫られているんだ。どうやらここは、アナマリ様をまつった神殿だったようだね』

『……アナマリ様……』

聞いたことがある名前だった。元の世界へ戻るための方法を探す旅をしてきた中で、何度も出て来た名前だったからだ。今よりも何百年も前に唐突に現れ、不思議な奇跡を次々に起こし人々を救ったと言われている聖女様だ。

『やっぱり、ここに書かれているのも、アナマリ様が成した偉業を褒《ほ》め称《たた》える文章だけだ。「聖女」と呼ばれた人たちは、その姿を描かれない。成した偉業だけが文献や碑文に記されるけれど、彼女たちの姿を描写したものは、文字でも絵でも存在しない。……これはつまり、彼女たちは君と同じだったんじゃないのかな』

『……聖女様たちが、わたしと同じ……』

ロイの言葉をなぞるように呟くと、彼は「そう」と頷いた。

『この世界で「聖女」と呼ばれ奇跡を起こした人たちは、皆、君と同じように、別の世界から来たってことさ――』

「別の世界から来た人を、『聖女』と呼んだ……」

自分の声でハッと覚醒し、ロレッタはギョッとして目を開いた。

「ゆ、夢……」

心臓がバクバクと早鐘を打っていた。それを抑えるように、そっと右手を胸の上に移動させる。夢を見ていたのだ。いつものユリエの夢だ。夢の中でユリエが感じた興奮に、自分が同調してしまっているだけだ。落ち着かなくては。

目を閉じて深呼吸をすると、ようやく動揺が収まった気がして、目を開いた。

すると、見慣れない天蓋が見えて、あれ、と首を傾げる。

（わたしのベッドじゃない……）

幼い頃から使っている、カントリーハウスの自分のベッドの天蓋でもなければ、最近ようやく慣れてきたタウンハウスのものでもない。カントリーハウスのものは、生まれたばかりの花の妖精が人の王子に見初められるお伽噺《とぎばなし》を描いたものだし、タウンハウスの方は太陽と月の彫刻だ。今見えているのは、裸の女神が川の向こうの男神へ誘うように手を伸ばしているという、少々艶めかしい絵柄だった。

「……エメロディテとアイロスかしら」

男女の神と川、というモチーフから、いくつか候補が挙げられるが、有名なのは愛の女神エメロディテと風神アイロスの情事だ。その性質ゆえに移り気なエメロディテはあちこちでいろんな神と情事に耽るので、夫である海神ヘーリオンが腹を立て、彼女を川で囲んで他の男が近づけなくしてしまったのだ。そこにやって来られたのは、風を操る風神アイロスだけで、二人はヘーリオンの目を盗んでこっそりと逢瀬を交わしたという神話だ。

夢の名残《なごり》の中でぼんやりとそんなことを考えていると、クスリと笑う声が聞こえてきて、ロレッタはそちらへ顔を向ける。

「誰？」

すると、ベッドカーテンがスッと開かれ、そこからランドルフが顔を覗《のぞ》かせた。

「……ランドルフ？」

何故彼がここに。そう思ったが、彼に会えた喜びからロレッタはふわりと顔を綻ばせる。だが次の瞬間、王女のことを思い出して、その笑みは凍りついた。

（……そうだ。婚約は解消したのよ。ランドルフは、王女殿下を好きになってしまったのだから……）

あの夜会で、王女の手を取り、自分から去っていく彼の後ろ姿を見送ったはずだ。婚約解消は自分から言い出したことで、覚悟は決めていたはずだった。それでも愛した人が別の女性の手を恭《うやうや》しく取り、寄り添って歩き去る姿を見るのは、とても苦しく辛かった。その時の感情が蘇り、ロレッタは顔を強張《こわば》らせてサッと身を起こす。まるで警戒する小動物のような動きだと自分で思い、自嘲めいた笑みが漏れた。

ロレッタの変化の様子を見ていたランドルフは、歪んだ微笑を口元に浮かべた。

「……やあ、婚約者殿。目が覚めたようだね」

嫌味たらしい呼び名に、ロレッタは眉間の皺を深くする。婚約は解消した。だからもうロレッタは『婚約者殿』ではない。それを分かっていないランドルフではなかろうに。

返事をせずにじっと見つめていると、彼は、ふ、と小さく息を吐き、上を見上げた。

「あれはエメロディテとアイロスじゃない」

「……え？」

「エメロディテとヘーリオンだよ」

一瞬なんのことかわからなかったが、天蓋の絵についてと分かり、自分も顎を上げて上を見る。全裸の女神と、その女神が手を伸ばす先に男神——なるほど、浮気者の妻を罰する夫と、許しを請う妻、と言われればそう見える。

「ここは夫婦の寝室だ。他の男を匂わせる絵なんか描かせるわけがないだろう？」

ひどく低い声に、ロレッタは不穏な気配を感じ取り、そちらを振り返る。それと同時にギシリとスプリングが軋《きし》み、ランドルフがベッドに乗り上げてきた。

「えっ——」

ロレッタは驚いて、後退《あとずさ》りするように身を後ろに引く。なにしろベッドの上だ。未婚の男女が一緒にいて良い場所ではない。誰かに見つかれば一大事である。

寝起きで頭がハッキリしていなかったから、この状況が恐ろしくまずいと気づくのに遅れてしまった。焦るロレッタとは裏腹に、ランドルフは実に落ち着いていた。それどころか、ロレッタの咄嗟の行動に眉を上げる余裕すらある。

「こ、怖くはありません。でも、わたし達は……こんなふうに一緒にいてはいけないわ」
ルフを怖いと思ったことなど一度もない。彼はいつだってロレッタに優しかった。
不思議そうに訊かれ、ロレッタは無言で首を横に振った。怖いわけではないはずだ。ランド
「僕が怖い？」

婚約解消前であろうと後であろうと、未婚の男女がベッドで二人きり、という構図はいただけない。結婚するまでは清い関係を保たなくてはならないのが貴族の交際である。

婚前交渉が露見してしまえば、男子はもとより、女子はその後にまともな嫁ぎ先などなくなってしまう。ロレッタは、ランドルフとの婚約はダメになったが、その後の結婚はいくらでも選べる状態だ。見た目は地味だけれど、伯爵家の一人娘で、持参金も十分にある。十八歳と、年齢だってまだ若い。条件はとても良いデビュタントと言えるだろう。

今ここで醜聞など起こすわけにはいかないのだ。

「あ、あの、ここはどこですか？　わたしは、確か……そうだわ、セドリックにお母様のいるお部屋へ連れて行ってもらって……そこで休ませていただいていたはず。お母様は……」

一緒にいたはずの母はどこだろう。目を凝らしてベッドカーテンの隙間からその外を窺っていると、ランドルフがクスクスと肩を震わせて笑いだした。

何故彼が笑っているのか見当がつかず、ロレッタは首を捻る。

「あの……ランドルフ様……？」

呼び捨てにしようとして、彼はもう婚約者ではないのだと思い出し、敬称を付ける。呼び慣れないけれど、仕方ない。するとますますランドルフが口の端を吊り上げた。笑顔なはずなのに、金の目が妙に据わっていて、ロレッタはオロオロと視線を泳がせる。

「すごいね、ロレッタ。この状況で、親しげに他の男の名前を口にできるなんて」

「ほ、他の男って……」

誰のことだろうか。ランドルフのことか、それともセドリックのことか。言われている意味が分からず途方に暮れていると、ランドルフは吐き捨てるように笑って、トンとロレッタの肩を押した。

「え……」

思いがけない行動に意表を突かれたロレッタは、あっさりと真後ろに引っ繰り返る。ベッドの上だったので、後頭部と背中に触れたのは柔らかいマットレスの感触だったが、それでもボスンと自分の体重分の衝撃が加わり、一瞬目が回る。脳が揺れる不快感にギュッと目を閉じて、それからそっと瞼を開くと、目の前にランドルフの端正な顔があった。

「ラ、ランドルフ様……?」

たどたどしく付け加えられた敬称に、こちらを見下ろす美しい顔が歪む。

「ここは夫婦の寝室だと言ったはずだよ、ロレッタ。このベッドの上で許されるのは、夫と妻の名前だけ――つまり、君が呼んでいいのは僕の名前だけだ」

不愉快そうな声で言われた内容に、ロレッタは目を白黒させた。

夫婦――とは、ランドルフと自分のことを指すのだろうか。

「え……だって、あの、婚約は解消し――」

ロレッタの言葉はそこで遮られた。ランドルフが顔を近づけてきたからだ。キスされそうになっていると気づいた瞬間、ロレッタは首を思い切り捩《ねじ》って大声で叫んだ。

「や、やめてください！　こんなことをしてはいけないわ！　ランドルフ様、お願いよ、しっかりして！」

ようやく自由になった口を開いて、できるだけ大きな声で言った。その方が、ランドルフが我に返ってくれると思ったのだ。

するとランドルフはおもむろに身体を起こした。正気に戻ってくれたのか、とホッとして彼の顔を見上げたロレッタは、次の瞬間「ひっ」と悲鳴を上げて蒼褪める。

こちらを見下ろすランドルフの目は、完全に据わっていた。

「あくまで僕を拒絶するなら、もう仕方ないかな……」

ニイ、と口の端を上げた表情は、ロレッタには悪魔の微笑みにしか見えなかった。

ヒンヒンと甘ったるい嬌声《きょうせい》が部屋の空気にこだまする。

啼《な》いているのは、信じられないが自分だ。涙がポタポタとシーツに滴《したた》る。それが悲しみからのものなのか、或いは生理的なものなのか、自分でも判断がつかない。

「ひぅ、あ、ぁあっ、だ、だめぇ、も、ぁっ……」

一番敏感な快楽の芽を舌先で嬲《なぶ》られ、ロレッタは甲高い悲鳴を上げる。

(……どうして？　どうして、こんなことに……!?)

疑問は浮かんでも、すぐに霧散してしまう。与えられる快楽に、すぐに思考が途切れてしまうからだ。

「……っ、ぁっ、……ぅっ、んんっ……!」

あれからランドルフは、ベッドカーテンの紐《ひも》を取り外すと、それでロレッタの両手首を結び、ベッドの支柱に括《くく》り付《つ》けてしまった。

驚くロレッタがあんぐりと口を開けていると、ランドルフは「これで逃げられない」と満足げに言って、あろうことかロレッタのドレスのスカートを捲《めく》り上げたのだ。

あまりのことに悲鳴を上げ、ランドルフに背を向けてベッドの上を這いずるように逃げたが、手を縛られているのでそれもままならない。慌てながら支柱と自分の手首とを繋いでいる紐を解こうとしていると、背後に迫ったランドルフに両足を掴まれ、抑えつけられてしまった。

ロレッタは今、犬のように尻を突き出すように四つん這いにされ、秘めた場所を露わにしていた。ドレスのスカートはまくり上げられて腰に撓《たわ》み、履いていたドロワースは引き裂かれ、ただの布切れに成り下がってぶら下がっている。そうしてほぼ丸出しになったロレッタの双丘を手で愛しげに撫でながら、ランドルフは一心にそこを舐めしゃぶっているのだ。

最初こそ紐を解こうと必死だったロレッタだったが、ランドルフがそこを舐め始めてからはまともに指が動くはずがない。それでなくとも紐の結び目は複雑で、ロレッタの指など到底受け付けないとばかりに頑強だというのに、あらぬ場所を見られているだけでは飽き足らず、舐められなどしていて、指に力が入るはずがない。

それどころか、ランドルフの舌が動く度、痛いほどの快感が電気のように身体を走り、頭がおかしくなりそうだった。

「……も、もう、やめて……！　お願いよ、ランドルフ……！」

もう婚約者ではないのだから、と付けていた敬称は、もう気にする余裕など吹っ飛んでしまった。震える声で言った懇願は、ランドルフにきれいに無視されてしまう。

「ランドルフ……！」

喉に力を込めてもう一度名を呼ぶと、ようやく黒い頭がモゾリと動いた。

「なに、ロレッタ」

不機嫌に返されて、ロレッタは涙で濡れた目を背後へ向ける。

何故不機嫌になられなくてはいけないのか。怒っていいのはこちらの方なはずだ。それを告げようと口を開いたものの、ランドルフが手の甲で自分の口の周りを拭っているのを見てサッと目を逸らす。彼の口の周りを汚していたのが何であるか悟ってしまったからだ。

「今楽しいところなんだから、邪魔しないでほしいな」

「た、楽しいところって……ランドルフ、話を――ひぁっ」

言い捨てて、ランドルフがまた頭をもとの場所に戻してしまったので、ロレッタは焦って声をかけたが、まるでお仕置きとばかりに陰核を舌先で捏ねられて、思わず甲高い悲鳴を上げてしまう。

「――っ、ん、ぁっ……あ、ぁあっ……ぅん……！」

ランドルフは熱心だった。執拗と言ってもいい。

まるでロレッタの身体のどこをどうやって弄《いじ》れば、彼女が感じるのかを探求しているかのように、至る所を舐《ねぶ》り尽くしていく。柔らかな下生えを指で撫でながら、その下にある花弁を舌でなぞり上げると、わずかに開いた隙間に尖らせた舌を差し入れた。スライドするように往復した後、蜜口にそれを埋め込むようにしてみたり、花弁に歯を当ててみたりと遊んでいる。

その間、ロレッタの方は振り回され通しだ。初めての経験に顔を青くしたり赤くしたりしながら、与えられる快感に身悶《みもだ》えするしかない。

罪悪感が胸の中に沸き起こる。ランドルフに触れられるのが、嬉しかった。他の女性を愛して自分を捨てた人だというのに、それでも彼の感触を、身体が嬉しいと悦《よろこ》んでいるのが分かる。

（ダメなのに……、嬉しいと思っては、いけないのに……！）

この触れ合いを悦んでしまえば、それは自分への裏切りだ。

そう分かっていても、彼の手を、舌を、自分の肌や粘膜が、愛おしんでしまっていた。

「ひぃ、あ、やあ、もう、やなの、お願い……」

悦びを振り切りたくて、ロレッタは否定を口にする。そうすることで、理性を取り戻さなくてはならないと思ったからだ。

「いやじゃないだろう？　君の身体は悦んでいるよ。ほら、こんなに蜜をこぼしている」

頭をイヤイヤと振って泣いていると、ランドルフが自分の指を見せつけるように突き出してきた。剣ダコのある長い指は、テラテラと濡れて光っている。それが彼の唾液だけではなく、自分の身体から出た愛液だと分かってしまったロレッタは、恥ずかしさに唇を噛んで顔を伏せる。

淫靡な水音が鼓膜を揺らす度、恥ずかしくて消えてしまいたくなるのに、彼はそれを悦んでいるようだった。

ロレッタが分かりやすく快感を拾う陰核を、ランドルフは大変お気に召したようだ。狙いをそこに定め、ピンク色の包皮の上から捏ねたり擦ったり、わずかに顔を覗かせた肉粒に吸い付いたりと、様々な刺激を与えてロレッタの反応を楽しんでいた。

楽しまれている方は堪ったものではない。継続的に繰り出される快感に、下腹部の奥がじんじんと熱く、何かの病気にかかったかのように全身が疼《うず》いて仕方ない。

「――やぁっ、……ぁあっ、も、やぁっ……！」

お腹の奥が熱い。疼くような、掻き毟《むし》りたいような、堪え切れないもどかしさに、ロレッタは腰を揺らした。自分のあらぬ場所にむしゃぶりついているランドルフを振り払いたかったのか、もっと、と強請《ねだ》るためだったのか、自分でもよく分からない。ただ、身の内側に膨らんだ熱病のような欲求に突き動かされたのだ。

ランドルフは後者と判断したようだ。くぐもった笑い声を上げ、指で陰核を擦り上げながら、じゅうっと音を立てて溢《あふ》れ出た蜜を啜る。

「ああ、気持ちいいんだね、ロレッタ。とてもかわいいよ」

うっそりと言いながらも、愛撫《あいぶ》の手を止めない。

溜まりに溜まった甘い疼きが、身体の中で膨れ上がった。今にも弾《はじ》け飛びそうで、ロレッタは悲鳴を上げる。

「ぁ、あぁっ、いや、ダメ、も、だめぇぇ――」

熱い。怖い。なのに、その先が欲しくて堪らない。頭を振りながら、シーツに額を擦りつける。四つん這いになっている四肢が引き攣り、ブルブルと震えた。

「ああ、ロレッタ！」

ランドルフが叫ぶように言って、指で陰核を押し潰す。

「ひぁあっ！」

強い刺激を与えられ、ロレッタは背を弓なりして啼いた。

目の前に白い光が瞬き、圧倒的な快感の波に攫われる。だが次の瞬間にはその愉悦は消えていて、空中に放り上げられたかのような解放感が、ひたひたと身体中を満たしていく。

硬直していた四肢が、ゆっくりと弛緩《しかん》していく。四つん這いの体勢を取れず、へたりと尻をシーツに着けたロレッタを、ランドルフが満足気に見下ろしていた。

「上手にイけたね」

「……行けた……?」

どこに行けたというのか。だが頭は体験したばかりのオーガズムにぼうっとしていて、まともに物を考えられない。呆けたままのロレッタの顔を自分の方に向けると、ランドルフは優しいキスを顔中に落としていく。

「ああ、かわいい。なんてきれいなんだ、ロレッタ。君は僕のものだ……」

浮かされたように繰り返すその睦言《むつごと》に、ぼんやりとしていたロレッタの頭が少しずつ思考を取り戻し始める。

ランドルフが自分をかわいいと言っている。嬉しいはずなのに、心の一部が激しく抵抗する。喜んではいけない、と。

（……そうだわ。だって、ランドルフは、王女様を……）

自分ではない、他の女性を愛してしまったくせに、どうして今更そんなことを言えるのか。

「……どう、してぇ……？　どうして、今更っ……！」

絞り出すような泣き声に、キスをしていたランドルフが驚いたように顔を上げる。

何故かわいいなどと言えるのか。何故愛する王女ではなく、ロレッタに触れるのか。

（あなたを自由にするべきだと、ようやく思い切れたのよ……！　それなのに……）

前世から引き継いでしまった恋に、葛藤しながら、悶《もだ》えながら、ようやく引導を渡せたのだ。

それなのに、どうして蒸し返すような真似をするのだろう。

「今更？　何が今更なんだ？」

冷たい声がして、ロレッタの嘆きを一蹴する。ハッとして目を上げると、ランドルフが金の瞳に鋭い光を灯《とも》してこちらを睨みつけていた。

「君は僕のものだ。誰にも渡さない」

「──そんな……」

あまりに傲慢な台詞に、ロレッタは怒りを通り越して困惑する。つまりランドルフは、王女を愛しながらも、ロレッタが他の男性と結ばれるのを許さないというつもりなのか。

（幼い頃から一緒だったわたしに対して、独占欲を抱いているってこと……？）

それにしても自分勝手にもほどがある。自分は他の女性の手を取るくせに、ロレッタには他を選ばせないということになるではないか。

（でも、ランドルフがそんなことを考えるかしら……？　あの優しかったランドルフが？）

幼い頃から知っている彼は、優しく思いやりがあって、決して無茶を言う子どもではなかった。それどころか、思慮が足りず失敗ばかりするロレッタに巻き込まれて、一緒に叱られてしまうような実直な人だったのだ。

「考えごとかい？　ずいぶんと余裕だなぁ。なら僕はもう少し頑張らないと」

つい昔のことを思い出していると、ランドルフが皮肉っぽい笑みを浮かべて言い、腕を後ろの方に伸ばした。

「──ひっ！」

愛液に塗れたままの蜜口に、つぷり、と差し入れられたのは、彼の指だろう。まだ何者にも侵入を許したことのない隘路《あいろ》には、指一本でも十分すぎるほどの違和感をもたらした。

指を入れられただけでも、全身が緊張するほどの刺激だというのに、ランドルフはそれを動かし始める。

「ぁっ!?　や！　いやぁっ！」

自分の身体の中を何かが蠢《うごめ》く感覚に、ロレッタは悲鳴を上げた。当然ながら初めての経験で、奇妙としか言いようのないものだった。

「……膣内《ナカ》はまだ気持ち好《よ》くは……なさそうだね」

確認するような呟きに、ロレッタは涙目で彼を睨む。するとランドルフは困ったように笑って、彼女の目の縁《ふち》にキスを落とした。その優しい接触に、胸がきゅんとなってしまい、ロレッタは心の中で自分を叱咤《しった》した。

「でも、解《ほぐ》さないといけないんだ。痛い思いをさせてしまうのは、本望ではないから」

えっ、とロレッタは顔色を変える。

「い、痛い思いって、まさか……」

嫌な予感がした。ロレッタはもちろん処女だ。そして破瓜《はか》の際には痛みを伴うことくらいは、年頃の令嬢の教養として知っている。

するとランドルフはニヤリと口の端を上げて言った。

「もちろん、ここに僕のものを受け入れてもらうんだよ」

嫌な予感が的中し、ロレッタは半泣きで首を横に振る。

「そんな、お願いよ、ランドルフ！　それだけはやめてください！」

そんなことをすれば、ロレッタは嫁の貰《もら》い手がなくなるし、ランドルフとて責任問題になってしまう。愛する王女との未来が消えてしまうのだ。ロレッタにとっても、ランドルフにとっても良いことなど一つもない。

「ね、ねえ、ランドルフ。こんなことをすれば、あなただって困るはずよ……！」

何故こんなばかげたことをしようとしているのか、まったく理解が及ばなかったが、それでも説得しなければと、ロレッタは宥《なだ》めにかかる。

だがランドルフは嘲笑を浮かべて首を傾げた。

「困る？　どうして僕が困るんだ？」

「だ、だって――」

　そんなことを説明しないと分からないほど、ランドルフは愚かではなかったはずだ。訳が分からず狼狽《うろた》えていると、彼は皮肉っぽく肩を竦める。

「僕らは婚約者同士だ。もちろん、正式に結婚する前だから、その点では咎《とが》められるかもしれないが、若い恋人たちが情熱を抑えきれないのはよくある話だ。結婚さえすれば大した問題にはされないよ」

　ロレッタは絶句した。彼は何を言い出したのだろう。

「け――結婚って、なにを言っているの？　わたしのお父様からナイロ侯爵様にお話がいったはずよ。わたしたちの婚約は破棄されたはず……」

　なにより、昨日の夜会でそれを確認したではないか。そう続けようとしたロレッタは、ランドルフを見てその先の言葉を忘れてしまった。彼が濡れた自分の指を舐め取っているところだったからだ。その指を濡らしているものが、自分の身体から溢れ出たものであることは考えなくてもわかる。

「婚約破棄、ね……。残念ながら、我々の婚約は、未だ成立したままなんだよ、婚約者殿」

「ど、どうして、そんな――」

　ランドルフはその口で、ハッキリと王女を自分の恋人だと宣言していた。ならば何故、ロレッタとの婚約を続けようとするのだろう。王女との未来を求めるならば、他の女との婚約など枷《かせ》にしかならないのに。

（お父様だってあれだけキッパリと言っていたもの。婚約解消は確実なはず……）

ランドルフの意図が分かかない。

「あ、あなたとわたしの婚約は、わたし達が幼い頃に親同士がした口約束の延長のようなものだったでしょう？　お母様同士が親友で、両家にとって家柄も子どもたちの年齢もつり合いが取れていただけの話。だから――」

「正直に言ったらどうだ？　困るのは僕ではなく、君の方だと」

ピシャリと叱りつけるように遮られ、ロレッタは目をしばたたく。

「……そ、それは、ええ。わたしも困りますけれど……」

今ここでランドルフに処女を奪われてしまえば、この先まともな結婚は望めなくなってしまう。それはとんでもなく困る。一般常識として当然のことだったから頷いたのに、ランドルフはひどく傷ついた顔をした。

（なぜ、そんな顔を……）

今の話のどこに、彼を傷つける要素があったのだろうか。だが秀麗な美貌が、痛みを堪えるように歪められる様子を見ていると、こちらの方まで胸が痛くなってくる。思わず慰めたくなっていると、ランドルフは苦しげだった表情に、ゆらりと奇妙な笑みを浮かばせた。

「ねえ、訊いていいかな、ロレッタ。バルディ子爵はなんと言って君を誑かしたんだい？　自分の方が、僕よりも好条件だとでも言ったのかな？」

「……は」

何故ここでセドリックが出てくるのか。唖然としてしまったのは仕方ないだろう。

「セドリック様は――」

「他の男の名など呼ぶな」

訊かれたから答えようとしたのに、それを遮られるなんて理不尽すぎる。それより、これほど不機嫌なランドルフなど見たことがなかったロレッタは、もうどうしていいか分からずにいた。

（こ、これは……セドリックに嫉妬している……のかしら？）

自分の元婚約者が他の男と仲良くするのが面白くないということなのか。だとすれば随分自分勝手な話ではあるまいか。ランドルフの怒りに怯えながらも、ちょっとムッと唇をへの字にしていると、大きな手が伸びてきて顎を掴まれる。

（――え？）

唇に触れる柔らかく濡れた感触に、ロレッタは瞬きをした。目の前には、黒く睫毛がある。至近距離過ぎて輪郭がぼやけているが、それがとても長いということは分かった。

ランドルフにキスをされているのだと理解に至った時、ロレッタの歯列を割って、ぬるりと肉厚の舌が侵入してきた。

「んっ⁉　んぅううっ⁉」

驚いて暴れようとしたけれど、ランドルフがロレッタの両手首を易々《やすやす》と捕らえ、片手で頭の上に押さえつけられる。逞《たくま》しい体躯《たいく》で覆い被さられては身動《みじろ》ぎ一つ満足にできず、ロレッタはランドルフのなすがままに、口内を舐《ねぶ》られた。彼が口の中で暴れ回るのを、ひたすらやり過ごすしかできない。ランドルフの舌は自分のそれよりも熱かった。逃げ惑うロレッタの小さな舌を追い回し、絡め取り、息もつけないほどに蹂躙する。

ロレッタは眩暈がした。呼吸が上手くできないせいで、酒に酔った時のようなふわふわとした感じがする。

（……ランドルフの味……甘い……）

他人の唾液の味を知る日が来るなんて、思いもしなかった。甘いと感じるのは、彼を愛おしむロレッタの本能からなのか。ランドルフの方もロレッタの舌を味わっているのか、執拗に擦り合わされる。舌で口の中のあちこちを擽られると、ザワザワとした震えが背中を這《は》い上がってきた。その感覚は妙に甘さを含んでいて、身体の芯が熟《う》れたように熱くなっていく。

「ふ、ぁん……ん、ぁむ、んっ……」

気がつけば、仔犬のような声が自分の鼻から漏れていた。自分の声とは思えないほど甘ったるいその響きにギョッとして、ロレッタはギュッと目を閉じる。

（だ、だめ……！　わたしは何をしているの！）

ランドルフに触れられると、つい理性を失いかけてしまう。

これは、未婚の男女がやっていいことではない。ここがどこかは知らないが、こんなところを誰かに見られれば一大事だ。ランドルフがどういうつもりなのか分からないが、もしかしたら正気ではないのかもしれない。もしかしたら酔っぱらっているのだろうか。

ロレッタの葛藤など知ったことかと言わんばかりに、ランドルフの舌は傍若無人に動き続けた。快感に力の抜けたロレッタの歯列をなぞり、固くした舌先でロレッタが甘い声を上げた場所を執拗にくすぐり続ける。どちらのものとも知れない唾液が口内に溢れ、呑み込むことを知らないロレッタは、唇の端からそれをたらりと零した。

（く、苦しい……！）

キスがこんなにも苦しいものだったなんて。激しく長く続くキスに、空気を求めて顔を左右に振る。彼の唇から逃れなければ、呼吸をさせてもらえないと思ったのだ。

だがその動きも、顎を掴むランドルフの手に遮られた。

（――あ、だめ……視界が霞んで……）

視界が白く霞んでいく。ロレッタは呼吸ができないまま意識が遠のいていくのを感じた。

「――ロレッタ？」

遠くで自分の名を呼ぶランドルフの声が聞こえる。だが、いろいろと予想外の事態に、心も身体も限界だった。もう全部どうでもいいからどこかへ逃げてしまいたい。

彼を振り切らなければいけない現実も、それを分かっていながら彼を愛おしいと反応する自分の身体も、ままならないものばかりだ。

「ロレッタ！　おい、しっかりしろ！」

焦ったようなランドルフの声に、少しだけいい気味だと思いながら、ロレッタはアッサリと意識を手離したのだった。

＊＊＊

ランドルフは気を失ったロレッタの頬を手の甲でそっと撫でると、深いため息をついて、拘束していた手首を解放した。眠ってしまってまで縛っておく理由はない。

（――やり過ぎた）

目覚めたばかりのロレッタに、思わず襲い掛かってしまった。状況を分かっていない彼女はランドルフへの不信を抱えていて当然だ。だからランドルフが自分に対する他人行儀な言葉遣いや態度に腹が立ったとしても、それは彼女のせいではない。

それでも、夜会でロレッタの騎士《ナイト》役を他の男がやっているのを見せつけられて、どうしようもなく苛立っていたのに加え、彼女自身に他人行儀な態度を取られて、我慢が限界を超えてしまったのだ。

ロレッタに自分の痕《あと》をつけてやりたくて、そして彼女に分からせてやりたかった。

「……君は、僕のものだ。ロレッタ」

ロレッタはランドルフのものだ。そしてランドルフもまた、ロレッタのもの。

前世からそうだった——いや、ロイがそう決めて、実行した。だからランドルフは、その決定を完了させて、ロレッタを完全に自分のものにしなくてはならないのだ。

「……我ながら、どうかしているな」

完全に自分のものに——それは裏返せば、現在は不完全であるということ。

ロイが半ばで息絶えたせいだ。

考えてみれば自分と言う人間は、前世でも現世でも碌《ろく》でもない男である。

眠ったままのロレッタの唇にそっと己のそれを合わせて、そっと囁く。

「可哀そうなロレッタ。こんな僕に捕まってしまって……」

(だが、可哀そうだと、永遠に気付かないでくれ)

己の狂気じみた願望で、息が詰まりそうだった。

彼女が自分の傍で幸せなのだと、ずっと騙《だま》されていてほしい。

そんなことを願っている自分が、ロレッタにとって、そしてユリエにとって、最低で最悪の悪魔のような存在である自覚はある。だから真実は決して彼女に伝えてはならないのだ。

過去も現在《いま》も、自分が望むのは彼女の存在だけ。彼女が自分の傍にいてくれるなら、悪魔に魂を売ったって構わない。

「ああ……ロレッタ……」

彼女の肌に触れると、再び焦燥感が込み上げてくる。彼女を失いたくない。絶対に手を離したくない。離せない。誰にも渡さない。

——今度こそ完全に逃げ道を塞いでしまわなければ。

もはや単なる強迫観念のようなその焦燥を抱えながら、ランドルフは眠るロレッタの身体を弄《まさぐ》る。ドレスの上から触れても柔らかな身体に、脳が沸騰しそうだ。野いちごのような赤い唇を食み、細い顎に口づける。白い肌は肌理《きめ》が細かく、滑らかだ。それを味わうように首筋、鎖骨と吸い付いた。ロレッタは皮膚が薄いのか、少し吸っただけで簡単に赤い痕が浮かぶ。その色が己の所有印のように思えて、どうしようもなく興奮した。

（……だめだ。眠っているロレッタに無体な真似はできない……）

欲望に白く霞む思考のどこかで、必死に理性が訴えかける。若い雄の肉体はその声を聞きながらも、目の前にしどけなく横たわる愛しい女を弄る手を止めなかった。

鎖骨のくぼみに舌を這わせつつ、ドレスの襟ぐりから覗くふんわりとまろやかな二つの膨らみに手を伸ばす。懐古主義の流行で古代風のドレスが最近の主流であることは知っていた。そしてそういうデザインでは、ドレスの下にコルセットを着けないことも。そっと触ると、布の上からでも伝わるその危ういほどの柔《やわ》さに、指先が震えた。

ゴクリと唾を呑み、広がった襟を掴んで引きずり下ろす。案の定、それは簡単に下がると、白い双丘を露わにした。ロレッタの乳房が、ふるん、とプディングのように揺れる。その上にちょこんと乗った薄赤い乳首に、目が釘付《くぎづ》けになった。そっと指先で撫でるようにすると、小さな肉は芯を持って硬くなる。色味も赤さを増して、まるで野いちごの熟れる様のようだとおかしくなった。

「……かわいいな」

赤銅色の艶やかな髪も、薄くそばかすの浮いた小さな鼻も、湖面のように透き通った緑色の瞳も、細い指や桜貝のような爪の先まで、ロレッタは何もかもがかわいいが、乳首までもがこんなにも愛らしいなんて。

だが自分はそれがロレッタである以上、どんな姿でも愛するだろうから、姿かたちはあまり意味がないのかもしれないとも思う。野いちごのようなものが愛らしく、欲望のままにそれを口に含むと、眠っているロレッタがピクリと動いた。

「んっ……」

悩ましげな鼻声が彼女から聞こえて、ランドルフは悦びが込み上げる。自分の手で愛しい女に快感を与えられているのだと思うと、奇妙なほどに胸が高揚した。もっと彼女の反応を引き出したいと思ったが、先ほど無茶をしたせいで気を失わせたことを思い出し、欲求をグッと堪

える。

（……ロレッタは眠っているんだ……無体は、できない……）

それに、ロレッタは処女なはずだ。破瓜の瞬間は彼女の意識がある時にしたい。彼女に自分を刻み付ける最初の瞬間なのだから。

ランドルフは腹に力を込めて衝動を堪えると、一旦ロレッタから身を起こした。

少し離れて彼女を見下ろすと、胸元をはだけられて乳房を露出し、先ほどランドルフに良いようにされたせいでドレスの裾は捲《めく》れ上がり、白い太腿《ふともも》が丸出しになっている。どうしようもなく扇情的な姿を改めて目の当たりにし、ランドルフの興奮は収まるどころか加速する一方だ。

「……クソッ……」

ランドルフは悪態をつく。己の中の理性と欲望との激戦には、悪態の一つも吐かなければ耐えられそうもない。正直な話をすれば、己の肉欲は今にもはち切れそうな勢いで膨れ上がっていて、トラウザーズの中で痛いほどだ。王宮近衛騎士の制服は、見栄えの良さも重視されているせいか、ピッタリと身体に沿うデザインになっているため、トラウザーズも窮屈な作りになっているのである。戦う際にはそれで都合がいいが、今現在は非常に都合が悪い。

しかも己の男根は、初めて目にする愛しい女性の半裸を前に、この人生の中で最大と言えるほどの膨張率を叩《たた》き出《だ》している。

こうなってしまえば、いかに前世の記憶があろうとも、肉体は十八歳の健全な若人《わこうど》であるランドルフには、できることは一つである。

ランドルフはトラウザーズの前を寛《くつろ》げると、既に天を向いて隆々と立ち上がっている己の一物《いちもつ》を右手で握り込む。亀頭が張り出し、肉竿は赤黒く硬く、太い血管がドクドクと脈打っており、なんとも凶暴そうな様だ。鈴口からは既に透明な雫《しずく》が漏れ出ていて、早く早くと欲求が高まっていくのが分かる。

は、と息を吐き出す。己の身体から出る空気が、妙に熱く重かった。

「ロレッタ……」

まろやかな乳房を出し、白い太腿を露わにした扇情的な姿で眠る恋人を見下ろして、名を呼んだ。それと同時に右手を動かして、ガチガチに硬くなった己の肉茎を手で扱《しご》いていく。

「ああ……ロレッタ……ロレッタ……ッ！」

目の前のロレッタを見ながら、気を失う前に彼女が見せた痴態を思い出す。まだ誰も触れたことのない彼女の秘めた場所は、綻ぶ前の薔薇のつぼみにも似ていた。恥毛は薄く、まるで産毛のように柔らかかった。女陰の花弁は熟れた桃の果実のように初々しい色なのに、中の肉は瑞々《みずみず》しく熱くぬかるんで、ランドルフの指と舌を歓迎してくれた。

彼女の粘膜と愛蜜の匂いと味を思い出し、ランドルフの息が上がる。

甘酸っぱい、濃厚な女の匂いだった。それなのに不思議と味は酸っぱくも甘くもなく、少し塩辛いのだ。だがそれがロレッタの味なのだと思うと、脳が焼けるほどに興奮を煽られた。夢中でしゃぶりついていると、狭かった蜜路が少しずつ蕩《とろ》けていって、自分の指をすんなりと飲み込むまでになった。

彼女は特に陰核への刺激を好むようで、優しく撫で続けてやると、可愛らしい嬌声を上げて達した。その時の愛らしい様子がまざまざと脳裏に蘇り、ランドルフはまた生唾を呑んだ。

「ああ、くそ、舐めたい……！」

また彼女の味を堪能したかったし、できれば今擦っている己の昂《たかぶ》りを突き入れてしまいたい。あの熱く蕩けた泥濘《ぬかるみ》の中は、どれほど気持ちがいいだろう。

ランドルフは想像する。ロレッタのあの愛らしくもいやらしい穴に、己の欲望を突き入れる。パズルのピースが嵌《はま》る、完璧な瞬間だ。

「は、ああ、ロレッタ……、かわいい……」

触りたい、キスをしたい、抱き締めたい、あの蕩けた穴に入りたい——肉欲が頭の中を巡り始め、ランドルフは堪え切れずに左手でロレッタの足を掴む。足だというのに、彼女の皮膚は柔らかく滑らかだ。その足を自分の口元まで持ち上げて、小さな爪先に口づける。自分のものの半分ほどの大きさしかない。かわいい。かわいすぎて、ランドルフはそれを口に含む。爪を舌先でなぞり、指の股に舌を這わせる。塩っぽい皮膚の味すら甘く感じた。知覚すらおかしくさせるのだから、愛とは麻薬のようなものなのだろう。

ロレッタの足の指を舐めしゃぶりながら、己の一物を扱き続けた。

自分で自分を慰めるという単純な快楽。それなのに、彼女に触れているという事実だけで腰が痺れるような甘さを伴った。身体中の血が温めた蜂蜜になったかのようだ。

ハ、ハ、ハ、という自分の荒い呼吸が、ロレッタの足の指の隙間から漏れ出て行く。自分が動く振動でベッドが揺れ、仰向けになっているロレッタの乳房がそれに合わせて小刻みに震えている。赤い乳首がフル、フル、と揺れる様子に目が奪われる。かわいい。どうしようもなくかわいい。食べたい。乳首も、乳房も、眠るあどけない顔も、小さな足の指も、ドレスの裾から垣間見える濡れたままの秘所も、なにもかもがかわいいし、どうしようもなく愛しい。いっそロレッタの全てを食べたら、自分が抱える葛藤や不安はなくなってくれるのだろうか。

（――狂人の思考だ）

頭のどこか裏側で、そんな冷静な指摘をする自分がいて、苦笑が込み上げた。

「ロレッタ……ッ！」

愉悦の塊が堰を切った。腰から背中を這い上がるように、ぞくぞくとした快感が走り抜けていく。それを追いかけるように、ランドルフは己を扱く動きを加速させた。

手の中で一物がドクリと脈打ち、より一層硬さを増す。

「く、ぁっ……！」

一瞬の強烈な悦びの後、脳が真っ白になるような解放感に晒される。

握り込んだ肉竿は力失い、勢いよく飛び散った精は、眠るロレッタを白く穢《けが》していた。

ドレスのみならず、乳房や赤い乳首、細い顎や、薔薇色の唇までもが白濁に塗れて、てらてらと光っている。

その姿を見て、ランドルフは微笑んだ。本来ならば、罪悪感を抱くべきところだろう。

だがランドルフの胸にあったのは、ひどく心地いい満足だけだった。

第四章　婚約者が諦めない

寝室を出た途端、聞き慣れた声がかかった。

「ずいぶんと無茶をするね、君も」

呆れているようでいて、その実、面白がっていると分かる声色に、ランドルフの眉根が寄る。

声の方を見やれば、小柄なメイド服姿のアナマリの姿があった。

どうしてここに、とは訊かない。アナマリは神出鬼没だ。彼女曰く、別に瞬間移動できるなどの特殊な能力が備わっているわけではないらしい。ただ、周囲の人間からその存在を忘れられるという性質から、どんな場所でもほぼ出入りが自由なのだとか。

『わたしの場合、長くこの世界に留まってしまった弊害か、自分の存在を忘れられるどころか、認識すらされなくなっているんだよ』

アナマリは肩を竦めてそう説明してくれた。そんな都合の良い体質ならば、王宮図書寮に忍び込んで紫書を手に入れることくらい訳ないのでは、と言うと、それがそうもいかないのだと苦笑された。

『わたしはわたしについて記されたものに触れることができないんだよ。ハッキリとした理由かは分からないけれど、おそらくこの世界の秩序が、こちらの人間の記憶に自分の存在が色濃く残ることを良しとしないからだろう』

それは、文字であっても、絵であっても、彫刻であっても同じらしい。

『だから君の助けが必要なんだよ』

言われ、ランドルフは頷いた。アナマリは『紫書』には触れられない。図書寮に忍び込めてもそれでは意味がないのだ。

「人攫《ひとさら》いのような真似をして監禁するなんて、悪役もいいところじゃないか？」

アナマリが寝室を顎で指してからかうように言った。面白がっているのが分かるだけに、ランドルフは腹立たしい。この聖女はいつだって涼しい顔で高みの見物を決め込んでいる節がある。

「無茶をしなければ、ロレッタの手を離すことになってしまったでしょうから」

むすっとした口調になったのは仕方ない。ロレッタを完全に手に入れるためにやってきたことが、彼女の手を離すことになってしまうのでは、本末転倒もいいところだ。

「まあ、君の口八丁には感服せざるを得ないよ。あの状況で、彼女の母親を説得できてしまうんだからね。君、詐欺師に向いてるんじゃない？」

ニヤニヤと笑いながらかなりの手痛い嫌味を繰り出してくるので、ランドルフは半ば呆れてしまった。

ノーフォーク伯爵邸での騒動の後、ランドルフは王女を馬車に叩《たた》き込《こ》んで王宮へ帰した後、邸に戻ってロレッタの休む部屋へ行った。彼女は一人で眠っていたが、すぐに彼女の母親が帰ってきた。ランドルフの姿を見るや怒りに顔を赤くしたが、ランドルフは今この状況で自分の話を聞いてくれそうなのは、このフィール伯爵夫人しかいないと踏んでいた。

そしてすべてを打ち明け、彼女を連れて行くことを承知させたのだ。

信じてもらえるかは、正直賭けだった。なにしろ、前世だの異世界だの、一般的にはお伽噺としか思われていないような類の内容だ。だがこのままロレッタと離れてしまえば、目的を達成しても、彼女が別の男に嫁がされてしまう可能性が否めない。その疑念を大きくしたのが、あの忌々しいセドリック・アルベルト・ラスゴーであることは言うまでもない。

結果から言えば、ランドルフは賭けに勝った。

フィール伯爵夫人はランドルフを信じ、娘を彼に託してくれたのだ。

「涙ながらのあの小芝居には、思わず吹き出してしまうところだったよ」

ケタケタと笑いながら言われ、ランドルフは苦虫を噛み潰したような顔になった。

ランドルフは決して芝居のつもりはなかった。誠心誠意、彼女の母親を説得したのだ。なにしろ、ロレッタを失うか否かの瀬戸際だったのだから。

それを詐欺師だの小芝居だのとからかわれるのは、さすがに腹立たしい。

「あなた、聖女とは思えない性格の悪さですよね」

「いやぁ、君の似非《えせ》紳士っぷりには及ばないかな。あの子以外どうでも良くて、それ以外は笑顔で捨て駒扱いする腹黒さには畏敬の念を贈るよ」

捨て駒、とはフェリシティのことだろう。なるほど、アナマリにはランドルフが目的を果たした後にどうするか見当がついているらしい。そして彼女の予想は当たっているので、ランドルフは肩を竦める。

「あの人のおかげで、こちらは多大な迷惑を被っていますから。少しお灸《きゆう》を据えてやるくらいがあの人のためでもあるでしょう」

「まあ、あれはちょっとひどいよね。あのお姫様には、悪気がなくて人を殺した場合無罪になると思うか、って一度訊いてみたいものだ」

正論ど真ん中かつ辛辣極まりない台詞を言いながら、クックック、と喉を震わせて笑うアナマリに、ランドルフは引いてしまった。とてもじゃないが聖女には見えない。

「さて、君の欲求不満も解消されたようだし、これからどうするのかな?」

アナマリが腕組をしながら訊ねてきたので、ランドルフはニヤリと口の端を上げる。

「まずは、目的を達成することが先決です。あとは一気に片をつけます」

キッパリと言い切ると、アナマリは少し驚いた顔になった。

「へえ？　これまで随分とまだるっこしくやってきたのに？」

いちいち嫌味っぽい言い方をするのはこの聖女の性質なのだろう。ランドルフは気に留めず、肩を竦めた。

「良い人を取り繕うのをやめることにしただけですよ。もともと僕は悪人ですから」

下手に良い人間であろうとするあまり、王女に振り回される結果になったのは否めない。ロレッタを失いそうになった今、目的以外は切り捨てる覚悟ができた。言い換えれば、前世――ロイのように己の欲求にのみ忠実な悪人になることを、自分に許すことにしたのだ。

ランドルフの答えに、アナマリがフッと吐息で笑う。

「――前世でも、現世でも、か」

しみじみと付け加えられ、ランドルフも微笑んだ。

「ええ、その通りです」

「その覚悟は悪くない。わたしは愛など信じないけれど、自分の傲慢さを知る者は好きだよ。それに免じて、『紫書』を手に入れたら、一つだけ君のためになることをしてあげよう」

その台詞に、ランドルフは目を見開く。この食えない聖女が目的もなく誰かのために――とりわけランドルフのために何かをするなんて、出会ってから一度も見たことがなかったからだ。

ポカンとするランドルフに、アナマリは満足げに一つ頷いて見せると、さて、と寝室の扉の前に立った。

「わたしは彼女の世話をするとしよう。君は君のやるべきことをやっておいで」

「――はい」

ランドルフは四肢に力を込めて首肯した。

＊　＊　＊

目が覚めると、ゾーイの顔があった。

（……あら？）

既視感を覚えながらロレッタはムクリと起き上がり、しょぼしょぼとする目を擦る。

「……おはよう、ゾーイ」

なんだか身体が妙に重怠《だる》い。たくさん運動した翌日のようだ。昨日何かしただろうか、と考えていると、ゾーイがテキパキとロレッタのシーツを引きはがした。

「おはようございます。もうお昼を過ぎておりますが。まずはお湯を使いましょう」

「え……お湯？」

朝に顔を洗うのは日課だが、朝にお風呂に入ったことなどない。お風呂は夜使うものだ。

意味が分からずゾーイの方を見ると、そこにはバスタブが用意されていて、湯気のたったお湯がなみなみと張られてある。

「えっ、本当にお風呂？」

びっくりして瞬きをしていると、ゾーイがため息をついた。

「ええ。ランドルフ様が清拭《せいしき》はなさったようですが、それだけではまだスッキリはしないでしょうから」

ランドルフ、の名前に、ロレッタの頭の中に眠る——いや、気絶する前の記憶が一気に蘇ってきた。

（わ、わたし……ランドルフに……！）

恥ずかしいあれやこれやを思い出し、ボンッと音を立てる勢いで赤面する。

「え……!?　ランドルフは!?　なぜここにゾーイが!?　ていうか、ここはどこなの!?」

次から次に疑問が浮かんできて、パニックを起こしかけているロレッタを、ゾーイが手を前に突き出して止めた。

「その疑問はお風呂に入りながらお答えします。まずは、そのお身体を清めましょう」

顎で促され、自分の格好を見下ろせば、露わになった乳房、そして肌の至る所に残された赤い痕が目に入って、ロレッタは声にならない悲鳴を上げた。

「な——！」

半分涙目のロレッタは、テキパキと動くゾーイにドレスを剥かれ風呂に浸《つ》けられていた。

お湯の温度は丁度よく、重怠い身体に染み渡るようだ。

「まったく、独占欲の強さもここまでくると気持ちが悪いですね」

首筋の赤い痕に眉根を寄せたゾーイが呟き、ロレッタは驚いて彼女を見上げた。

「ランドルフ様ですよ」

さも当たり前かのように言って、ゾーイは手に石鹸《せっけん》を付けて泡立て始める。

「ど、独占欲って、ランドルフが、わたしに……？」

「それ以外にあるんですか？」

呆れたように訊き返されて、ロレッタは弾かれたように叫んだ。

「だ、だって、ランドルフは王女殿下が……！」

「は？　——ああ、まだそんな段階なんですか。手際が悪すぎますね」

ゾーイがやれやれというふうに肩を落とすが、ロレッタは意味が分からない。首を傾げているると、またもため息をつかれてしまった。

「ちゃんと説明しないランドルフ様もランドルフ様ですが、お嬢様も少々鈍すぎやしませんか。これだけ執着されているのに、まだご自分が愛されていないなんて戯言《たわごと》を仰るおつもりで？」

「そ……そんな……。え……？」

うんざりとした口調で言われ、ロレッタは狼狽えてしまう。ランドルフが王女を恋人だと言ったのを聞いたのだから、彼はロレッタではなく王女を愛しているはずだ。その証拠に、社交界では彼と王女の仲は周知の事実だし、夜会にだって王女と一緒にやって来た。

（……でも、ランドルフは……）

再会した時の彼は、とても嬉しそうだった。ロレッタと会えたことを心から喜んでいて、夫婦になるのだと言ってくれた。だからこそ、王女とのことを知って彼への不信感が高まったのだけれど、思いかえせばロレッタは、ランドルフに直接問《と》い質《ただ》したことはなかった。

考えてみれば、腑に落ちないことが多すぎる。

王女を愛していて彼女と結ばれることを望んでいるのなら、未だにロレッタに関わろうとする理由がない。まして、ロレッタの父に公の場であれほど派手に拒絶されたのだ。これ以上すれば、彼の評判を著しく落とすだろうことは、想像に難くない。

「何か、理由があるってこと……？」

ロレッタの独り言に、ゾーイが「まあ、そういうことですね」と相槌を打った。ロレッタは自分の髪を洗おうとするゾーイの手を取って握る。

「ゾーイ、あなたは何者なの？」

口から転がり出た質問に、ゾーイが目を見張った。それはそうだろう、とロレッタも思う。あまりに大雑把《おおざっぱ》な問いだ。しかも、今更な問いでもある。何者かなんて知っている。ゾーイは自分の乳姉妹だ。小さな頃からロレッタを助けてくれる、時に賢者のように冷静で思慮深く、けれどとても優しいロレッタの親友で理解者。

（……でも、どうしてゾーイが当たり前のように事情を把握しているの？）

ゾーイとランドルフとの接点はないはずだ。乳姉妹といえど、平民であるゾーイがランドルフと接触する機会はほとんどない。

(幼い頃だって、ランドルフと遊ぶ時、ゾーイは一緒じゃなかった……)

そこまで考えて、ロレッタは幼い時のゾーイの姿を思い出せない自分に気づく。おかしい。自分とゾーイは乳姉妹のはず。それならば彼女とは生まれた時から一緒のはず。ゾーイの子どもの頃を知っていて当然なのに、頭に浮かぶのは、今と寸分変わらぬ姿のゾーイだけだ。

「……待って。乳姉妹……？　おかしいわ。だって、お母様はわたしを、自分のお乳で育てたって言っていたもの……！」

貴族の女性は、子どもに乳母を宛《あて》がうのが慣例となっている。だが母はどうしても自分のお乳で育てたいと言って、ロレッタに乳母を付けなかった。全て自分で育てたのだと、愛しげに髪を撫でられながら、何度も説明されたのだから。

つまり、自分には乳母はいない。故に、乳姉妹などいるはずがないのだ。

「あ、あなたは、誰なの……!?」

声が震えた。今まで家族のように思ってきた人物が、まったく見知らぬ誰かだった事実に慄《おのの》いていた。

だがゾーイの方は飄々《ひょうひょう》としたもので、ペロリと舌を出して「バレたか」と言った。

「バ、バレたかって……ちょ、ゾーイ！」

唖然とするロレッタに構わず、ゾーイはロレッタの髪をワシワシと洗い始める。

「まぁまぁ慌てずに。わたしはあなたに危害を加えるためにここにいるわけではないので、その辺は安心していいですよ。それにしても、ここで暗示が解けるとは」

確かに危害を加えるつもりならずっと前にやっていただろう。ロレッタは納得をしたものの、だからといって、異常な出来事に気味の悪さは払拭できない。

「暗示？」

「そう。わたしがあなたの乳姉妹で、傍にいるのが当然だとあなたに思い込ませる暗示です。あなたと出会った八年前にかけて以来、解けたことがなかったので、驚いています」

「八年前……」

ということは、ゾーイが自分の傍にいるようになったのは八年前ということだろう。八年前といえば、ロレッタが前世の記憶を思い出した年だ。

「ええ、そう。思い出しませんか？　あなたはランドルフと一緒に古い教会に迷い込み、その墓地でわたしと出会った。わたしの目を見た瞬間、あなたは倒れてしまったけれど」

ゾーイの声と共に、頭の中にライラックの花の色が浮かんだ。

青い空、咲き誇るライラック、その芳香、古い教会、ランドルフの温かい手、教会の裏手にある広い墓地と、そこに立つ女の人――

「――あ……！」

不思議な顔立ちの女の人だと思った。あまり凹凸のない顔に、黒い瞳が印象的だった。その目が自分の方を見た瞬間、前世の記憶が怒涛《どとう》のように頭の中に入り込んできて、その衝撃に耐えきれず、気を失ったのだ。

「あの時のお姉さん……！」

ロレッタは首を捻ってゾーイの顔を見た。目の前にあるのは、確かにあの時の女性と同じ顔だった。ゾーイはにっこりと微笑んで、ロレッタの髪にお湯をかける。

「そう。あの時のお姉さんが、わたしです」

泡が目に入りそうになって慌てて目を瞑《つぶ》りながら、ロレッタは気になったことを言った。

「で、でも、あなた、あの時からまったく変わっていないわ。年を取っていないみたい……」

「そうですね。この世界に来てから、どうもわたしの時間は止まったままのようで、もう千年くらいこの姿のままなんです」

ロレッタは息を止めた。それは頭からお湯をかけられたせいだけではない。この世界、とゾーイは言った。つまり、彼女はここではない世界を知っているということになる。

「あ、あなたは、もしかして……」

両手で顔を拭ってから身体を捻ってゾーイと向き合う。彼女は笑っていた。穏やかな笑顔だった。

「わたしの名前は穴井真理」

ゾワッ、と全身の毛が逆立つような感覚に襲われる。アナイ・マリ、それがロレッタの知る昔の名前と同じ日本語の響きを持つ名だったから。

「わたしは日本人。千年ほど前に、この世界に飛ばされてきた人間」

ロレッタは無言でただ首を横に振った。どうしてか、涙がボロボロと零れてきた。ユリエはずっと探していたのだ。元の世界に帰る方法を。それと同時に、自分と同じ境遇の人がいるのではないかと。前世ではロイと一緒にいくら探しても見つからなかったのに、今こうして出会えるなんて。

言葉もなく泣き出したロレッタに、ゾーイ――いや、穴井真理は目を伏せた。

「……そうですね、何から話しましょうか。長くなりそうですが、まず……」

そう前置いて、静かに語りだしたのだった。


「つまり、あなたは伝説の聖女アナマリ様で、同時に千年ほど前にこちらに飛ばされてきた日本人女子高生ということ?」

アナマリの説明を聞き終わった頃には、入浴はすっかり終わり、ロレッタはデイドレスに着替え、アナマリに髪を梳《す》いてもらっていた。

「そう。あなた――ユリエと同じようにね。ここでは人の記憶に留まることができず、すぐに忘れられるところもユリエと同じ。そしてすぐ死んでしまったから分からなかっただろうけれど、ユリエもわたしと同様に、この世界では年を取らなかったんでしょうね」

アナマリは、こちらの世界に来てからずっと、元の世界に帰る方法を探しているらしい。千年以上もの間、誰からも覚えてもらえず、人の営みの流れから外され漂うように生きてきた彼女が、望郷の念を抱き続けた事実を思うと、ずきずきと胸が痛んだ。アナマリは、きっと想像もできないほどの寂寥《せきりよう》と虚無の時間を生きてきたのだろう。

(ゾーイが賢者のようだと思ったことがあるけれど、これで理由が分かったわ)

同じ異世界から来た者同士と言っても、ユリエとアナマリではその年季が違う。彼女は膨大な年月を風のようにこの世界を漂い続けてきたことで、妖怪というか、精霊というか、人間離れした能力を得たのだと言う。

五感が鋭くなっただけ、とアナマリは端的に説明したが、つまり尋常の人間では感じられない気配を察知することができるらしい。それは人間や動物の気配だけではなく、ある種の音楽や学問、食べ物なんかにも感じるものだそうだ。ともあれ、その能力で自分と近い気配を感じ取り、気になってやって来てみたら、ロレッタとランドルフに遭遇したそうだ。

「君を見てすごく驚いたよ。異世界の気配と、この世界の気配とが半々。もううんと長い間ここにいるけれど、そんな人間を見たのは初めてだったから。おまけに、この世界の気配しかない君の相棒は、わたしのことを忘れなかった。わたしを記憶に留められる人間だったんだから」

ランドルフのことを語るアナマリは、少し奇妙な表情になる。

苦々しいような、それでいてどこか面白がるような、複雑な顔だ。

「何故、ランドルフは……ロイもだけど、異世界から来た者を記憶に留められるのかしら」

ふと浮かんだ疑問に、アナマリは皮肉っぽくフンと鼻を鳴らす。

「さてね。それは本人に訊くといいよ。懺悔も断罪も、他者が介入するべきじゃないからね」

「懺悔と断罪……？」

謎かけのような台詞に、ロレッタは眉を寄せた。するとアナマリはニヤリと口角を上げる。

「君の分だよ。わたしの分は、もう終わってる。ぶっ殺してやったからね」

「ぶっ殺……」

意味不明ながら、冗談にしても物騒な内容に思わず鸚鵡返しをすると、「冗談ではなかったらしく、アナマリは「あんなに簡単に死ぬとは思わなかったんだよ」とすごいことを口にしていた。それは犯罪なのでは、と言いかけたが、千年も生きていて常人ではない能力を持つ彼女は、もはや人ならざる存在だ。深追いするのはやめようとロレッタは口を噤《つぐ》む。

「まあともかく、元の世界に帰りたいというわたしの願いと、ランドルフのとある願いの終着点が同じでね。ゆえに、協力し合おうってことになったわけ。彼の方の願いっていうのは、彼自身に訊いてね」

「はぁ……」

軽く切り離されて、ロレッタは不消化ながらも頷くしかない。納得しきれないロレッタの顔を眺めて、アナマリは「うーん」と唸り声を上げた。

「……わたしが釈明してやるのも癪なんだけどなぁ。まあ、あの子もいろいろ手一杯なのは見て取れるから言っちゃうけど。ランドルフが王女様に近づいたのは、この願いっていうのが理由。彼は目的を達成するために、王族に近づく必要があったんだよ」

「…………そう、ですか……」

そうだったのね！ と明るく言えないのは何故だろうか。ランドルフが王女に近づいたのは、彼女を愛しているが故ではなかったと分かったのだから、両手を上げて喜ぶべきだろうに。モヤモヤとしたものを抱えながら、ロレッタはひとまず疑問を解消していこうと気持ちを切り替える。

「あの、それで、あなたがわたしの傍にいてくれたのは、何故だったの？ あと、ここはどこで、お父様とお母様はわたしがここにいることを知っているのかしら？」

矢継ぎ早の質問に、アナマリはクスッと笑った。

「君ってぼんやりしているようで、賢いよね。ちゃんと分かっていることといないことの分別ができているもの。分析力と判断力があるってことだよ」

「えっ……」

「なのに何故恋愛沙汰になると、急にその能力が低下するんだろう。まあ、これはランドルフにも言えることなんだけど」

　唐突に褒められてドギマギしていると、次の瞬間には落とされる。高邁《こうまい》で優しい聖女として有名なアナマリが、実はかなりいい性格をしていると知ったら、世の中の人々はどういう反応をするだろうか。

（いやでも、アナマリはゾーイなんだから、当然といえば当然よねぇ……）

　思い返せば、偽ではあったけれど乳姉妹のゾーイも癖のある性格だった。そんな彼女も大好きだったので、ロレッタとしてはあまり違和感がないのだが。

「君の傍にいたのは、君に興味があったから。君が前世でわたしと同じ立場であったにもかかわらず、あちらではなくこちらで転生したというのも初めて目にする事態だし、それにランドルフが関わっているというのも興味深い。君たちの傍にいれば、わたしが求めてきた帰還の方法が見つかるような気がしたんだ」

　なるほど、と頷きながら、ロレッタは「初めての事態」という言葉に引っかかりを覚える。つまり他にも事態があったということだ。

「あの、日本から飛ばされた人って、わたしやアナマリの他にもいたの？」

「いたよ。日本だけではなかったけれどね。全部把握できているわけじゃないけれど、地球から飛ばされてきた女性は、大体百年に一人くらいのペースでいたんじゃないかな」

「そんなに……」

ロレッタは驚いて口元に手を当てた。異世界から来た人間は、この世界では弾かれる。誰の記憶にも残らず、時間も止まる。アナマリのように不老のままこの世界を漂うことになるのだ。だが、ユリエの例があるように、不死ではない。となれば、彼女たちの行く末は二つ。アナマリのように孤独の中を漂うか、死か。どちらを選んでも辛い二者択一だ。

「他の人は……」

「さてね。会ったことはあるけれど、その後彼女たちがどうなったかは知らないな。彼女たちは彼女たちの選択をしただろうから」

一見突き放しているようだが、そうではないのだと分かった。アナマリとて同じ立場だ。何かできるのであれば、彼女自身が真っ先に行っていただろうし、救われてもいただろう。

「彼女たち……異世界から来てしまう人には、男性はいなかったの？」

ふと気づいたことを訊ねると、アナマリはニタリと気味の悪い笑みを浮かべる。

「そう。女だけなんだよ。何故か分かる？」

そこに理由があるのか、と驚きながら、ロレッタは首を横に振る。するとアナマリはその黒い瞳に鋭い光を放って、低い声で答えた。

「——呼ぶのが、男だから」

ドクン、と衝撃が胸を襲う。次の瞬間から、ド、ド、ド、と心臓が早鐘を打つ。

（呼ぶ？　呼ぶと言った？　それって、つまり異世界からこちらに人が来るのは、人為的な力

によるものということ⁉）

　では、呼ばれてしまった女性たちは、誰かのせいで孤独の中を漂ったり、死を選んだりしてきたというのか。だとすれば、その男は許しがたい暴挙を犯しているということだ。

　蒼褪めるロレッタを、アナマリの冷たい瞳が見つめた。

「わたしたちは、ある男に呼ばれてこの世界に連れて来られるんだよ。その男は狂人でね。異世界へ旅立った自分の伴侶を取り戻すために、禁忌を犯し続けている。生まれ変わって記憶をなくしても……いや、記憶をなくすからかな？　何度も何度も同じ間違いを繰り返しているんだ」

「え？　ごめんなさい、意味が分からない。どういうこと⁉　アナマリや呼ばれて来た人たちは、その男の人の伴侶だったってこと⁉」

　突拍子もない内容に、ロレッタは目を白黒させる。伴侶を異世界から引っ張ってくるということだろうか。何故わざわざ異世界から？　それに、一人連れてきたならそれで満足しなかったのだろうか。するとアナマリは大仰な仕草で両手を広げ、吐き捨てるように言った。

「冗談でしょう？　誘拐犯を愛せるわけがない。それに、その男は間違えたんだ」

「ま、間違えた？」

「わたしじゃなかったの。そいつは自分の伴侶と間違えて、わたしをこの世界に呼んでしまったんだって」

「ええ……!?　そんな、ひどすぎるわ！」

ロレッタは悲鳴を上げる。なんてことだろう。はた迷惑もいいところではないか。間違いで、彼女はこの孤独の中を永遠にも等しい時間、漂わなければならなかったのか。

あまりにもアナマリが憐れで涙ぐんだ瞬間、アナマリはクッと邪悪に笑う。

「ああ、泣かなくていいよ。復讐《ふくしゅう》は済んでいる。言ったでしょう？　ぶっ殺してやったって」

「………」

涙が引っ込んでしまった。絶句するとはこのことだろうか。元凶であるその男も極悪人だが、アナマリも負けていなさそうだ。

「この世界には、生まれ変わりというシステムが働くみたい。全員がそうかは分からないけれど、その男は殺しても生まれ変わった。そして生まれ変わる度に異世界から女の子を攫うんだ。その度に不幸な女の子が増えるのが忍びないけれど、考えてみて。生まれ変わる前に犯した罪は、生まれ変わった者にも引き継がれるもの？」

人差し指を立てたアナマリに訊ねられ、ロレッタは答えに窮した。自分に当てはめて考えてみても、ユリエが自分の前世だという意識はあるけれど、同一人物かと言われれば、否と答えるだろう。首を横に振るロレッタに、アナマリは「うん」と首肯した。

「わたしも違うと判断した。わたしはわたしの復讐を果たし、あの男を殺した。だから、生まれ変わった男が犯した罪は、その被害に遭った人だけが裁く権利があるんだと思うことにした。

だから、不運にも攫われて来てしまった子たちにもそれを伝えたんだ。そしたら、歴代の男は全員殺されることになったよ」

ロレッタはもうなにを言えばいいのか分からなかった。話が壮絶すぎる。頭を抱えたくなった時、アナマリが「いや違うな」と呟く。

「殺された、は厳密に言えば違う。男の方が殺されることを望んだ、と言う方が正しい」

「……どちらにしても、血生臭い話だわ……」

げっそりとした面持ちで言えば、アナマリが呆れた顔になった。

「他人事みたいに言うね。君も断罪しなければいけない立場だよ」

「えっ⁉　あっ……」

指摘され、ロレッタは自分も異世界から呼ばれてきた当人であることに気がつく。

（そうね、ユリエは帰りたがっていたもの……）

ユリエは知らない世界に連れて来られ、愛する家族を恋しがり、誰にも認識されない孤独に泣いて震えていた。あんな想いをさせられたのが、その狂った男のせいだというならば、やはり腹立たしさが込み上げてくる。

（……でも、ユリエにはロイがいたから……）

ロイだけはユリエを覚えていてくれて、ずっと傍にいてくれた。だから孤独だったとはいえ、きっとアナマリたちが感じたような切羽詰まったものではなかったのだろう。

黙り込んだロレッタに、アナマリが言った。黒い瞳がじっとこちらを見つめている。その深い色に吸い寄せられるように、ロレッタもまた彼女を見つめる。

「君は考えなくてはいけない、ロレッタ。君をこの世界に攫った人間を、許せるかどうか」

突きつけるような言葉なのに、その口調はとても穏やかだった。

＊　＊　＊

扉をノックすると、中から「誰だ」と誰何《すいか》の声が返ってくる。

「ランドルフ・ジョージ・チャールズ・ナイロ、参りました」

「入れ」

許可の後一拍の間を置いてから、ドアを開く。淡い色のカーテンや、金色の猫足の優雅な調度品が並ぶこの部屋は、第二王女フェリシティ殿下の個室だ。王女はまた研究に没頭していたらしく、床に積み上げられた本や、何かを書き連ねた書類が散乱している。

ランドルフの顔を見るなり、王女が椅子から立ち上がってこちらへ近づいている。

珍しいこともあるものだ、とランドルフは思った。普段ならば、研究とやらの最中には、こちらが何を言おうが生返事ばかりで、見向きもしないというのに。

さすがの王女でも、昨夜の自分の失態には気が咎めたのか。

「ランドルフ。出仕して大丈夫だったのか？」

「もちろんです。殿下をお守りするのが僕の務めですから」

「いや、その……昨日は、フィール伯爵を怒らせてしまっただろう？　きっと大変だろうと思ったから、お前は休みにして構わないと、近衛騎士団長に伝えてあったのだけど」

気まずそうに言う王女に、ランドルフは冷笑が浮かびそうになるのを、グッと堪える。

確かに、この王女には昨夜の夜会でとんでもないことをしでかされた。

何を思ったか突然「いいことを思いついた！　ついて来い、ランドルフ！」と言って、ノーフォーク伯爵の夜会に強引に連れ出されたのだ。この日、ロレッタが参加していると知っていたランドルフは大いに焦った。婚約解消を申し出られた後で、王女をエスコートして夜会に出れば、今度こそ見限られてしまうのは目に見えている。ノーフォーク伯爵邸に着いた後、馬車の中でさんざん止めたが、王女は「まあいいから見ていろ。このわたしがお前と婚約者の仲を上手く取り持ってやるから」と自信満々に言って制止を振り払い、さっさとホールへ歩いて行ってしまった。

非常識の体現者である王女を放置するわけにもいかず、しぶしぶついて行ったランドルフは、結局のところ、何故王女を殴ってでも止めなかったのかと後悔する羽目になった。

『お前の婚約者に、わたしから話をすればいいと思ったんだよ。恋人同士のフリをしているだけで、あの噂は真実じゃないんだって。話せば分かるはずだろう。お前の婚約者は頑固者すぎる。あのフィール伯爵にしたって、あんなに怒ることはないだろうに……』

フィール伯爵に叱りつけられ、ロレッタにも拒絶をされて、すごすごと馬車へと戻る途中で王女が不満そうに言い放った台詞である。ランドルフは真剣にこの脳内お花畑王女を殴りつけてはいけないものだろうかと考えた。今の状況下でそれをやってどうして信じてもらえると思ったのか。さらに言えば、ランドルフを従え公衆の面前でロレッタに話しかけるという図が、どれほどの憶測を呼ぶか何故考えなかったのか。いや、何故考えずにいられたのかと言う話だ。十歳の子どもでももう少し思慮深いだろう。

このままでは本当に王女を殴ってしまうと思ったランドルフは、王女だけを馬車に乗せて王宮へ帰すと、自分は邸の中に戻った。

悪足掻きでもいい。どうしてもロレッタに会って、愛していると一言だけ告げたかった。

その結果、フィール伯爵夫人を懐柔することができ、仮とはいえ、ロレッタを留めることができたわけだが、今の悪い状況の元凶が王女であることは動かしようのない事実だ。

冷めた内心を笑顔で隠し、ランドルフは王女に頷いてみせる。

「僕の婚約の件では、殿下のご心配には及びません」

「そ、そうか！　それならいいんだけど……」

王女はあからさまにホッとした顔をしたが、すぐにまた困ったように眉を下げた。そしてウロウロと落ち着かなく視線を泳がせる。これ見よがしなアピールだ。

「殿下？　何か心配ごとでもおありですか？」

「あ、あのな、ランドルフ。紫書の件なんだけど……」

口ごもりながら切り出した話に見当がついていたランドルフは、大袈裟に喜んでみせる。

「おお！　さすがは殿下！　約束を守ってくださったのですね！」

すると王女は狼狽えたように一歩後退《あとずさ》りをし、サッと顔を背けた。

「いや……紫書を渡すという約束だが、その、見せるだけ、にしてもいいかな？」

「なんですって？」

明らかな約束の反故に、分かってはいてもイラっとしてしまう。

あれだけハッキリと紫書を渡すと宣言しておいて、ランドルフにさんざん迷惑をかけた後でのこの発言だ。王族でありながら、責任感というものを持たなくていいと思っているのが手に取るように分かる。思えば、この王女は万事がそうだった。

組む相手を間違えていた、と今更ながら実感しつつ、ランドルフは眉根を寄せた。

「見せるだけでは意味がないのだとお伝えしたはずです。一体どういうことです？」

王女はランドルフの怒気に気圧《けお》されつつ、「仕方ないんだ！」と小さく叫ぶ。

「紫書は百年以上前の王によって王家の宝だと指定されたものだけれど、先代の王の時代に、学者たちからその内容がお伽噺のようなもので、根拠はないと結論づけられているものだ。だから、父上も兄上も重要視はされていない。私が欲しがっても、形式上は渋って見せるだろうけど、最後には許可してくださると踏んでいたんだ！　それなのに……」

王女は捲《まく》し立てるように言って、一度そこで息を吐いた。

「今朝、父上にお願いしたのだ。紫書をわたしに譲ってくださいと。だが、ダメだと言われた。あれはもう、他国の王族の婚儀の祝いとして贈ることが決まっているのだと……」

「なんてことだ……！　他国の王族ですって⁉　そんなことになってしまったのですか……！　それならば、殿下に手に入れていただくのは無理そうですね」

やれやれ、とため息をついて言うと、王女がパアッと顔を輝かせた。

「分かってくれるのか！　ああ、ランドルフ、お前は話が分かる奴《やつ》だと思っていたよ！」

約束を反故にした罪悪感など持ち合わせていないのだろう。自分の無責任さを悪びれることもない。この王女には悪気はない。ただ、自分の都合だけで生きているだけだ。

(厚顔無恥がどれほど傲慢で罪深いことなのか、思い知るといい)

心の中でそう言って、ランドルフはニッコリと破顔した。

「では、約束は無効ということになりますね」

「えっ……」

ランドルフの台詞に、王女は虚を突かれた顔になる。今までそこに考えが至らなかったらしい。どうしてここまで浅慮な人間が才女だと言われるのかが不思議で仕方ないが、この王女の脳は勉学以外のことは思考回路が形成されない仕様なのだろう。

「殿下が反故にされたのですから、当然です。今この瞬間より、僕はあなたの盾役を辞させていただきます」

「そんな、困る！　盾役はまだ必要なんだ！　ゲオルグはまだ帰国していないから……」

「ということですよ。どうぞお入りください」

あわあわと慌て始める王女を無視して、ランドルフは扉の向こう側に向かって声をかけた。

誰に向かって言っているのだ、と不思議そうな顔をしていた王女は、開かれた扉から入ってきた人物を見て蒼褪める。

「やあ、かわいい人」

「ゲ、ゲオルグ‼」

王族らしく堂々とした足取りで、爽やかな笑顔できざな台詞を吐く美丈夫は、ゲオルグ王子だ。天敵の襲来に狼狽する王女を他所に、王子はランドルフに親しげに微笑みかける。

「協力感謝するよ、ランドルフ」

「いえ、こちらこそ。王子のご助力のおかげで、非常にスムーズに事が運びました」

同じように微笑んで応じるランドルフに、王女がみるみる顔を怒りに歪めた。

「う、裏切ったな、ランドルフ‼」

「裏切りなどと、とんでもない。そもそも殿下の方ができないことを約束し、それを反故になさった。先に違反したのは殿下の方ですよ。ですから、僕の望みを叶えてくれそうな人と取引をし直しただけの話です」

しれっと説明すると、それを面白そうに見守っていたゲオルグが、思い出したように懐から書物を取り出した。

「ああ、忘れていたよ。はい、これ。約束の物だ」

「ありがとうございます。確かに」

男同士に手渡しされている紫の背表紙の本を見て、王女が愕然《がくぜん》と指をさす。

「そ、それ……！」

言葉にならない王女の疑問に答えたのは、ゲオルグだった。

「ああ、これかい？　ランドルフに頼まれていた物だよ。『紫書』と呼ばれるこの国のお伽噺だそうだ。結婚の祝いに何か欲しい物はないかと陛下に言っていただいてね。国宝である『紫書』をと言うと、驚かれたが快諾してくださったんだ。娘婿として陛下の忠実なる臣となる者にならば下賜するのも惜しくはないと、恐れ多くも仰っていただいたよ」

にこやかに説明されて、王女の顔色はますます蒼白になっていく。

「け、結婚⁉　娘婿って……ま、まさか……」

ゲオルグがニヤリと口角を上げた。実に悪い笑みだった。普段は爽やかな笑みを浮かべるその瞳が、暗く凝った光を放って王女を見据える。

「無論、君と僕の結婚だよ、ティ」

宣言され、王女の口から小さな悲鳴が漏れた。

「ま、まさか……」

「両陛下には、二年前に犯してしまった過ちを正直に話して謝罪をしたよ」

ゲオルグの言葉に、王女はその場にヘナヘナと崩れ落ちる。

さもあらん、とランドルフは王女を冷たく見下ろした。この王女は、自分の好奇心を満たすために、古文書に載っていた怪しいレシピから『惚《ほ》れ薬』なるものを自分で再現し、事もあろうか他国からの預かりものであるゲオルグ王子で試したのである。全くとんでもない王女様である。ゲオルグに何かあれば、国際問題に発展してしまっただろう。

夜会の件で王女を見限ったランドルフは、ゲオルグに近づくことにした。王女との誤解をさっさと解くためには、王女を結婚させてしまうのがてっとり早いからだ。ランドルフの接触をゲオルグは歓迎し、フェリシティとの経緯も教えてもらったわけだが、最初に聞いた時は耳を疑った。だが、この王女ならやりかねないとも納得した。

幸か不幸か、そのレシピは本物だったようで、ゲオルグは身体を壊すことはなかった。が、その惚れ薬はいわゆる媚薬《びやく》だったようで、結果フェリシティはその身をもってゲオルグを慰める羽目になったというオチである。ゲオルグは、「媚薬が随分と効いてしまったようで、処女を相手に随分と無茶をしてしまったんだよ」と照れ笑いをしていたが、なるほど、フェリシティが怯えていた理由はそこにあるのだろう。

「最初は驚かれたようだったけれど、ランドルフも口添えをしてくれてね。寛大にもお許しくださった。それだけでなく、君との結婚を大変喜んでくださったよ」

ゲオルグはそう言ったが、実際には王夫妻はゲオルグに平謝りだったことを、ランドルフは知っている。婚姻前の姦通《かんつう》は醜聞だ。それが王女となれば更に問題となるが、そもそもの原因は王女であり、どちらかと言えばゲオルグは被害者である。まして、フェリシティはこれまでに非常識な行動からの前科が山のようにある。いくら王女に甘い両親とて、他国からの預かりものである王子に薬を盛ったのだから、フェリシティに罰を与えこそすれ、ゲオルグを責めないのは当然のことだろう。

またランドルフの方も、王に自分と王女との噂はまったくのでまかせであることを主張した。ランドルフとロレッタの婚約者解消の噂は王の耳にも入っていたようで、娘のしでかした騒ぎにますます頭を抱えていた。こうなれば、ゲオルグの責任を取ってフェリシティを貰い受けたいという申し出は、王にとって渡りに船である。夫婦共に涙ながらにゲオルグの手を取り、娘をよろしく頼むと頭を下げた。

（まあ、この人が手に負えない王女様であったおかげで、『紫書』の下賜もすんなりといったのだろうけれど）

王は外ならぬゲオルグの望みであれば、きっと宮殿の一つくらい喜んで渡したに違いない。そう考えれば、終わり良ければ全て良し、ということになるのかもしれない。

ランドルフは手にした紫書を握ると、フッと笑みを零す。

王女の方を見やれば、考えることを放棄したのか、へたり込んだまま白目を剥きかけている。

その王女を、満面の笑みを浮かべたゲオルグが抱き締めている。

この王子は爽やかな外面とは裏腹に、中身はなかなかの曲者《くせもの》のようだ。

この先は、ゲオルグが王女の手綱を掴んでいてくれるだろう。

（さて、あとは――）

ランドルフは二人に一礼をすると、愛しい人を思い浮かべながら、そっと部屋を辞したのだった。

＊　＊　＊

ロレッタは、ランドルフの帰りを待っていた。

昼間にゾーイ――いや、アナマリと話した後、考える時間はたっぷりとあった。前世のこと、現世のこと。ロイのこと、ユリエのこと。ランドルフのこと、自分のこと。

（わたしたちは、話をしなくちゃいけない）

振り返れば、自分たちは圧倒的に話し合いが足りなかった。

幼い頃に一緒にいすぎたせいか、離れていても分かり合えるという、変な自信があったからだ。前世の記憶があることも原因の一つだったのだろう。

「だけど、わたしはランドルフと前世の話をしたことすらなかったのに……」

変な女だと思われたくなかった。ただそれだけの理由だったけれど、たとえ彼に前世の記憶がなかったとしても、ランドルフならきっとちゃんと話を聞いてくれたはずだ。

（わたしが、ランドルフを信じていなかったんだわ……）

そして、前世を前提としなければできない話が、自分とランドルフに多すぎた。ロイだけが何故、ユリエのことを覚えていられたのか。ユリエは、この世界に来て初めて出会ったのがロイだったから特別なのだろうと思っていたようだったけれど、多分そうではない。アナマリと話した後で確信した。

そして、何故異世界の人間であるユリエが生まれ変わることができたのか。アナマリの言葉で言えば、異世界から来た人間は、この世界に拒絶される。死んだ後は、生まれ変わるにしても元の世界に戻るのが正しいはずだ。それなのに、ユリエはロレッタとしてこの世界の者として生まれ変わった。

（同じ異世界からの人間なのに、アナマリたちと、わたしが違う理由は……）

きっとランドルフが知っている。

そうでなければおかしいのだ。全ての鍵は、彼なのだから。

ただ待っているのが手持ち無沙汰で、ロレッタは座っていたベッドから立ち上がり、その脇にある出窓を開いた。外は淡い群青色に染まり始めていて、入り込んでくる風が夜の涼やかさを纏っている。ふとライラックの匂いがしたような気がして、ロレッタは目を閉じた。

「ランドルフ」

名前を呼んで振り返ると、いつの間に戻っていたのか、寝室の入り口のドアの前に立つランドルフの姿があった。彼は何も言わず、立ち尽くしてロレッタを見つめている。その秀麗な美貌は強張り、断罪される罪人のように見えて、ロレッタの胸に苦いものが走った。

「わたしをこの世界に攫ったのは、あなた——ロイだったのね」

静かに発した問いに、ランドルフは痛みを堪えるようにぎゅっと眉間に皺を寄せる。一度目を閉じ、再び開いて、彼は真っ直ぐにロレッタと目を合わせて頷いた。

「そうだ。僕が、君をこちらに呼び寄せた」

潔い肯定は、開き直りではないのだろう。その表情はとても苦しそうだ。

答えは分かっていた。ただ、本人の口から聞く必要があった。

「ユリエを、家族や、友人たち……愛する者から引き離すと分かっていた？」

追い打ちをかける行為だと分かっていても、訊ねた。訊かなくてはならないのだ。ロレッタは、ユリエの代わりにロイを裁かなくてはならない。そして、ロレッタ自身の分も。

ランドルフはまた静かに頷いた。

「分かっていた。僕は——ロイは、王宮お抱えの研究者だったから。異世界から人が迷い込むという伝説や伝承は、意外と各地にあるんだよ。ここではない場所から人を呼び寄せる——ロイは幼い頃からそういう類のお伽噺を、憑りつかれたように読んでいる子どもだった。僕の中には言葉では表現できない虚《うつ》ろがあった。多分、それを埋めるための存在を求めていて、それが異世界にいると本能的に知っていたんだ」

ロレッタは少し首を傾げる。言葉では表現できない虚ろ。それを埋めるのが、異世界からの女性だとして、では何故その存在が異世界にあると分かるのか。

「あなたには、最初から記憶があるの？　——つまり、アナマリや、その他の女性を異世界から攫った時の記憶という意味で」

ロレッタの質問に彼は苦い顔をした。自分の悪事を暴かれて困ったのかもしれない。

「あなただったんでしょう？　異世界から女性を攫ったのは、全部」

突きつければ、ランドルフは諦めたように笑った。

「——その通りだよ。最初から話そうか」

ランドルフはそう言うと、傍に歩み寄ってきた。それからロレッタの手を取り、手の甲に一つキスを落とすと、ベッドに促した。二人で並んで腰かけると、ランドルフは思い出すようにして目を閉じる。

「最初の記憶は、もうどのくらい前の昔か覚えていないくらいだ。僕は最愛の女性を喪《うしな》った。愛する者の死に耐えきれなかった僕は、彼女を蘇らせようとあらゆることを試した」

「あらゆること？」

　訊き返すと、ランドルフは苦笑する。

「そう、あらゆること。とても口では言えないような、おぞましいこともやったな。きっともう狂っていたんだだね。狂人になった僕は、とうとうある方法を見つけた。人を蘇らせる方法——魂を呼び寄せる方法だ」

「それが、異世界から人を攫う方法？」

　ロレッタの問いに、ランドルフは「そう」と力なく吐き出した。

「この世界とユリエたちがいた世界は、多分双子のような存在なんだろう。別のものなんだけれど、極稀《まれ》に、局所的に全く同じものになる瞬間があって、互いの世界の存在が入り混じる。重なる瞬間、と言えばいいかな。僕が見つけたのは、その一瞬を探し当てる方法だ」

　その説明を聞きながら、ロレッタは頭の中でイメージを膨らませる。動いている二つの円が重なる接点のようなものだろうか。

「その場所で、その一瞬に、視えるんだよ。人の姿だ。その人を掴んで引き寄せると、人攫いの完了だ。だが残念なことに、攫ってきた人は、僕の愛する人ではなかった」

　それが、アナマリであり、その他の女性たちだった。

「傍迷惑《はためいわく》だわ」

　サクッと非難すると、ランドルフは「返す言葉もない」と肩を下げた。

「さすがに申し訳ないと思ったから、その人を元の世界に戻そうと思ったよ。だが世界と世界が重なる瞬間は不定期だけれど、少なくとも百年以上のスパンがある。彼女を元の世界に帰すには、僕の寿命が足りなかった。まあ、その前に激怒したその人に殺されてしまったんだけど」

「それはアナマリの話?」

おそるおそる訊ねると、ランドルフは笑った。

「そう。当時のアナマリ様は、今よりずっと激しい性格だったよ」

ぶっ殺した、と言っていたのは、やはり本当だったのだ。

「失意の内に死んで、次に生まれ変わっても、やっぱり僕は虚ろを抱えていた。前世の記憶はないはずなのに、愛する者がいない喪失感だけは引き継いでいたんだ」

「その愛する人は、生まれ変わらなかったの?」

単純な疑問に、ランドルフも首を捻った。

「そう。僕も不思議に思ったけれど、それに対する明確な答えはない。僕の記憶も引き継いだものでしかなくて、前世より前の僕が僕自身なわけじゃないから」

「わたしとユリエと同じね」

自分の前世に対する感覚と同じだったのでそう言うと、ランドルフは微かに笑う。

「そうだね。想像するに、多分、最初の僕が愛した人も元は異世界の人だったんじゃないかな。

世界と世界が重なる瞬間に、運悪くその場所にいて、こちら側に落っこちてきてしまった、とかね。僕がしでかした人攫いの例以外にも、別の世界からやってきた人のお伽噺はたくさんあるから、あってもおかしくない話だ。それに、僕の記憶が曖昧なのも、きっと彼女が異邦人だったからなんじゃないかなと思っている。ただ、愛した人がいたという記憶だけが残っているから」

「ああ、なるほど……」

元々異世界からの人だったなら、生まれ変わるのもこちらの世界ではないということになる。そして異世界からの人間は、この世界の人間の記憶に残らない。ランドルフの記憶に愛した人がいたという事実だけが残っているのは、聖女が行った奇跡だけが残るのと同じなのかもしれない。

（でも、だとしたら、それはとても切ないことなんじゃないかしら……）

心から愛した人がいて、けれどその人を愛した記憶だけが残って、その人のことをすっかり忘れて思い出せないなんて。愛したことだけは覚えているのに、その人を心に想《おも》い描《えが》くことすらできないのだ。

これまでロレッタは、ユリエの記憶から、人から忘れ去られる孤独ばかりを苦しみだと思っていたけれど、忘れてしまう方にも苦しみはあったのかもしれないと思い至った。

「生まれ変わると、前世の記憶はなくなっていたと言ったわよね。それなのに、また同じことを繰り返したの？」

責めているつもりはなかったが、ランドルフはますます肩を落とす。

「そうだ。魂が同じっていうのは、こういうことを言うんだろうな。記憶がないのに喪失感だけはあって、それを埋めたくて、異世界から人を呼ぶ研究に没頭するんだ。どの僕もそうだった。もちろん、ロイもね。だがどの時代よりもロイは幸運だった。その時の王が聖女にとても関心の強い人だったから。ロイの研究に金を惜しみなく出してくれたんだ。

その後、些細な理由で王の怒りに触れ追放されてしまったけれどね。ユリエを側妃にしようとしていたのも、この王が聖女に関心を持っていたからさ」

ロイの名前に、ロレッタは訊きたいことを山ほど思い出す。

「ロイは、ユリエを呼び出した本人よね。ユリエがこの世界に連れて来られて、最初に出会ったのが彼だったのもそれが理由でしょう？　じゃあ、ロイにだけユリエの記憶が残ったのも？」

「その通り。異世界からの人間でも、呼び出した者の記憶にだけは残るんだ」

やっぱり、とロレッタが自分の推測が正しかったことに頷こうとした瞬間、彼が続けた。

「そして、全てを分かっているくせに、ロイがユリエにそれを伝えなかったのは、彼女に嫌われたくなかったからだよ。ロイは成功したから」

「成功？」

「そう。それまで人違いの人攫いをし続けた僕が、ようやく求め続けた存在を得た。ユリエがそうだったんだよ」

唐突な告白に、ロレッタは不謹慎にも顔が赤くなるのを止められなかった。

「ユリエが、あなたが求め続けた人だった……」

鸚鵡返しのように呟くと、ランドルフは目を細めてロレッタの頬に触れる。

「そう。僕……ランドルフにとっては、君だ。ロレッタ」

愛しげに名を呼ばれ、胸に沸き起こったのは歓喜だ。

幼い頃から当たり前のように自分の中にあった感覚――ロレッタはランドルフのもので、ランドルフはロレッタのもの。自分たちが、互いのための存在だという、ばかみたいな信念だ。

王女の件で、それが自分だけの独りよがりのものだったのだと思った時、自分の中の芯のようなものが崩された気がして、とても苦しかったし、悲しかった。

(でも、そうじゃなかった……)

ランドルフの中にも、自分と同じくらいの強さでその感覚が根付いているのだと分かり、どうしようもなく嬉しかった。

(……ああ、わたしはやっぱり、ランドルフを愛している……。でも……)

それが分かっていても、彼を受け入れるのは全てを知ってからだと思う。

「ユリエに触れた瞬間、分かった。僕は彼女のために、禁忌を犯し続けてきたのだと。それが正しい証拠に、ユリエを得た瞬間に、ロイの中にそれまでの前世の記憶全てが蘇った。己のやって来た悪行に慄《おのの》いたよ」

自嘲気味に言ったランドルフに、ロレッタはかける言葉がなかった。彼が——歴代の彼がやって来たことは、悪行と言って相応しいだけの内容だったから。

「何も知らずに、僕を頼り、慕ってくれるユリエに、あくどい自分を見せたくなかった。彼女は元の世界に帰りたがっていた。僕に心配かけまいと、いつもこっそりと隠れて泣いていて、僕に見つかると無理に笑って見せていた。強くて、優しくて、健気なユリエが愛しかった。それと同時に、真実を知った彼女が自分を憎むだろうと思うと、恐ろしかった」

切なげに顔を歪めて語るランドルフを、ロレッタは不思議な気持ちで見つめる。

ロイがそんなふうに想ってユリエの傍にいたなんて、まったく知らなかった。いつだって明るく、優しく、頼もしく、ユリエを見守り導いてくれた人だった。陰などない人に思えていたのに、こんな葛藤を抱えて、それでもなお笑顔で傍にいてくれたのか。

ランドルフはロレッタの緑色の瞳を覗き込み、ひどく自嘲めいた笑みを浮かべた。

「ロイはね、ユリエと同時に殺されることになって、喜んだんだよ。これで彼女に憎まれることなく、一緒に生まれ変わることができるから。何も知らないユリエに愛を告げ、次の生で共に生きることを誓い合った。君がこの世界の人間として生まれ変わることができたのは、ロイの執着を受け入れて死んだからだ。きっと受け入れなければ、君は元の世界に帰ることができたはずなんだよ」

ロレッタは驚く。何故同じように異世界から呼ばれた存在なのに、ユリエだけがこの世界の存在として生まれ変わったのだろうと疑問を抱いていたが、そういうことだったのか。

「あなたの想いを受け入れたから、わたしはこの世界の人間になったということ？」

「多分ね。これまで僕が異世界から間違えて呼んでしまった人たちは、誰一人としてこの世界を受け入れなかったから、確証はないけれど」

確かに、誰にも覚えてもらえず弾かれるだけの世界を、受け入れようと思う人間はいないかもしれない。千年以上この世界を漂っているアナマリも、未だに帰る方法を探していると言っていたから、受け入れてはいないのだろう。

ランドルフは両手でロレッタの顔を包み込んだ。大きな温かい手だ。夢の中で、ロイも同じようにユリエに触れてくれていた。

金色の瞳が、射るような光を放ってこちらを覗き込んでいる。

「君がここにいることが、奇跡だろうと予定調和であろうと構わない。求め続けた人に、ようやく辿り着いた。君は、僕の全ての軌跡の原点なんだ。人に殺されるほどの恨みを買う悪行を何度繰り返しても、君に辿り着くなら、僕はまた同じことをするだろう」

痛いほど真っ直ぐな目でそう言って、ランドルフはくしゃりと笑った。笑っているのに、どこか泣きそうな表情だった。

「幻滅したかい？」

問われ、ロレッタは少し考えた。王都に来てから、怒涛のような日々だった。ただ前世からの運命の恋人同士だと思っていた時には、考えられなかったほどの急展開だ。自分達の前世に、これほどの重く深い事情があったなんて。夢に見るせいで、理想の男性のように感じていたロイにも、幼い頃から一緒でお互いに知り尽くしていると思っていたランドルフにも、意外な事実が次々に発覚して、目が回りそうだ。

（――でも、幻滅しているかと言われると、わたしは多分、していないんだわ）

「今よりも、あなたが王女殿下を愛しているのだと思った時の方が、よほど苦しかったし、幻滅したわ」

思ったことをそのまま口にすると、ランドルフは目を丸くした。だがすぐに必死な顔になって宣言する。

「誓って言う。殿下とは何もない。僕が愛しているのは君だ」

「そうなの？　だってわたし、あなたが王女殿下を恋人だというのを、王宮の庭で聞いたわ」

ブスッとした口調になってしまったのは仕方ないだろう。ランドルフは一瞬ポカンとした顔になって、その時のことを思い出したのか、ハッと目を見開いた。

「君、あそこにいたのか！」

「盗み聞きをしたわけじゃないわ。カメリアの木立の間を歩いていたら、声が聞こえて来てしまっただけ」

　言い訳のように付け加えたが、ランドルフはそれどころではないらしく、片手で目を覆って天を仰いでいた。

「なんてタイミングだ！　よりによってあんな場面に居合わせるなんて……！　あれは、殿下に『紫書』を持ち出してもらう代わりに、恋人のフリをしなくてはいけなくて……」

「紫書？」

　聞き慣れない単語に首を傾げると、ランドルフはため息をつく。

「ロイが宮廷研究員だった時に、自分の研究を纏めた書物のことだよ。王家の図書寮にしまい込まれている。当時の王がそれを国宝と定めたんだろう。聖女アナマリの伝承に始まり、各地に伝わる妖精や女神に関するお伽噺や、異世界から人を呼び寄せるための方法まで詳しく記されてある」

「えっ……」

「まあ、今の世の研究者からは、荒唐無稽な伝承の寄せ集め、と酷評されているんだけどね」

　そんな大変な知識を王が所有しているとなれば、悪用されていてもおかしくないと焦ったロレッタは、ホッと胸を撫《な》で下ろした。

「それをアナマリ様がご所望だったんだ」

「ああ、日本へ帰る方法が書かれているのね？」

ロレッタが付け加えると、ランドルフは口を噤んだ。急に黙り込んでしまったので、何か気に障ったのだろうかと様子を窺うと、ランドルフは神妙な顔をしていた。

「……ランドルフ?」

「帰りたい?　君も」

何を言われているのか理解できず、ロレッタはキョトンとしてしまった。

(帰りたいって、日本に?　私が?)

ユリエならばともかく、ロレッタになってしまった自分が日本に帰りたいなんて思うわけがない。冗談かと思ったが、ランドルフは緊張した面持ちで、こちらの返事を待っている。

それを見てロレッタは不意に合点がいった。自分達がすれ違った原因はこれだ。

「あなた……わたしが日本に帰ってしまうかもしれないって、そう思っていたのね?」

ランドルフはなおもこちらを見つめたままだ。クッと喉が震え、堪らずロレッタは声を上げて笑った。

「あははは!　く、ふふふふ、あはは、あっはっは!」

ダメだと思うのに、止めようと思えば思うほど笑いが腹の底から込み上げる。身体をくの字に曲げてもまだ足りず、ロレッタは身を捩ってベッドに突っ伏して笑い続ける。

ランドルフはその間、何も言わなかった。きっと気を悪くしているだろうと思ったのに、笑いながらもチラリとそちらへ視線を向けると、彼は迷子の子どものように途方に暮れた顔をしていた。その表情を見た瞬間、ロレッタの中で何かが堰を切った。ドッと涙が溢れてきて、あっという間に顔が涙に濡れる。笑いながら蛇口のように涙を流すロレッタに、ランドルフが焦った顔になった。

「ロレッタ？　どうした？　何が悲しい？」

ランドルフはベッドに突っ伏していたロレッタを抱き起し、大きな手で涙を拭ってくれる。心配そうにこちらを覗き込んでくる彼を見て、ロレッタはまた涙が込み上げた。

自分の顔を両手で覆う彼と同じように、自分も手を伸ばして彼の顔を掴む。

（わたしが彼を信じ切れなかったように、彼もまたわたしを信じ切れていなかった）

ランドルフは、多くのことをロレッタに隠してきた。前世の記憶があること、ロイがやったこと、ロイより以前の彼がしでかしてきたこと、アナマリのこと、王女との取引のこと――数え上げればきりがないが、おそらくランドルフは、ロレッタが知ることがなければ、一生秘密のままにするつもりだったのだろう。

（真実を知れば、わたしが元の世界を選ぶのではないかと恐れて）

ばかだ、と心の底から思う。どうしてそんなことを思うのだろう。だってロレッタは今幸せだ。生まれ変わり、優しい両親に愛され、なによりもランドルフと一緒だった。彼との将来を夢見ている幸福な自分が、どうして彼を置いていってしまうなんて思うのか。今のロレッタをちゃんと見ていれば、そんなことを思うはずがないのに。

（でも、わたしだって同じだわ……）

前世のことをランドルフに告げなかった。彼に信じてもらえるか不安だったというのは、言い換えれば彼を信じていなかったということなのだから。

自分たちは、まるで鏡だ。同じ間違いをして、一緒にいるのにお互いを見失っていた。

「ばかね、ランドルフ……！　わたしは帰らないわ！　あなたの傍にいるって決めたから、わたしはロレッタになったのよ！」

少し怒っていたのだろう。早口で、ちょっと叫んでいたかもしれない。でもちゃんとランドルフに伝えたかった。伝えなくてはならないと思った。ロレッタの言葉に、ランドルフは一瞬呆けたような顔になる。だが次の瞬間、金の瞳からポロリと透明な雫が転がり落ちた。

衝動的に、ロレッタは彼の頭を掻き抱くようにして抱き着く。

「愛しているわ、ランドルフ！　あなたが前世、どんな罪を犯していようとも、どんな狂人であろうとも、わたしはあなたを選ぶ。あなたの犯した罪を、わたしも一緒に償っていくから……！」

泣きながらの愛の告白に、ランドルフが声を詰まらせて、痛いほどに抱き締め返してきた。色気など欠片もない、互いにしがみつくような抱擁だ。

それでもロレッタにとって今この時が、生まれてきて一番幸せな瞬間だった。

＊　＊　＊

「目が赤い」

ロレッタの目尻を親指の腹で撫でながら、ランドルフが言った。こちらを見下ろす金の瞳が痛ましげに揺れるのを見て、ロレッタはなんだかおかしくなる。だってそんな顔をする彼の目も、同じように赤く充血しているのだから。

ロレッタは自分も手を伸ばして彼の目元に触れる。

「あなたもよ」

指摘すると、ランドルフは長い睫毛を伏せ、「そうだね」と少し恥ずかしそうに呟いた。

互いの告白の後、ランドルフとロレッタは抱き合ったまま、言葉もなく泣いた。

なんの涙かと問われても、きっと二人ともうまく説明はできなかっただろう。いろんな感情がごちゃまぜになって、飽和して溢れ出た、というのが一番しっくりくるかもしれない。

ロレッタは薄く微笑んで、目の前の愛しい男の顔を眺めた。

赤くなってしまっている形の良い目の淵を指でなぞり、その中にある金の瞳を覗き込む。薄い色の虹彩《こうさい》は、よく見ると万華鏡のような模様をしていた。その中心にある瞳孔は闇のように深い黒色で、その奥に引き込まれてしまうような引力がある。

引き寄せられるように瞳を見つめていると、ランドルフが目を細めてキスをしてきた。ついばむような、優しい触れ合いだった。

一瞬目を丸くしたロレッタだったが、すぐに微笑み返して、彼の首に腕を回した。ランドルフは抗《あらが》わない。キスが深くなり、舌が絡み合う。官能を引き出すというよりも、互いの肉を味わうような、不思議なキスだ。

「溶け合うみたいだ」

キスの合間に唇を離し、ランドルフが呟いた。同じことを思っていたロレッタは、小さく頷く。重なり合う粘膜が溶けて、お互いの境目がなくなってしまうような感覚だった。

「やめないで」

もっと溶け合いたい。もっともっと、深い場所まで。

悦びも悲しみも、幸福も、罪も、全て共有できるまで。

ロレッタの無言の欲求を嗅ぎ取ったのか、ランドルフがまた唇を重ねる。左の肘をロレッタの頭の脇に置いて自分の身体を支え、右手で彼女の髪を梳いた。愛おしげなその仕草に、泣き出したいような気持になる。

彼の手は髪から下に降りていく。細い首筋を辿り鎖骨をなぞると、柔らかな双丘の上に辿り着いた。何を求められているかもう分かっているロレッタは、無論抵抗などしない。舌を絡めながら薄目を開き、至近距離にある金色の瞳に微笑んでみせた。

剣ダコのある指がドレスの胸元に滑り込み、布をズルリと引き下げる。ふるん、と自分の胸が揺れるのを感じた。それほど大きいわけではないが、若さゆえの弾力はある。仰向けに寝てもそれなりに主張しているだろうその膨らみに、大きな手が重ねられた。

「速いな……」

低い声で小さく感嘆され、ロレッタは少し頬を赤らめる。左胸に当てられたランドルフの手が、自分の鼓動の音を聞き取っているのだろう。

「好きな人と触れ合っているのだもの」

ごにょごにょと言い訳を呟くと、ランドルフがフッと笑ってロレッタの手を取り自分の左胸の上へ導いた。ランドルフのシャツははだけていて、しっとりと熱い肌の感触が掌《てのひら》に伝わり、ロレッタは密かにドキリとする。男性の胸に直に触れるなんて、初めての経験だ。先日触れ合った経験があるとはいえ、あれは一方的な行為だった。手を繋がれたロレッタはランドルフに自分から触れることすらできなかったのだから。

「ほら、俺も同じだ」

本人の言葉通り、掌に感じる鼓動のリズムは速い。だが、力強い響きだった。

「……生きているのね」

口をついてそんな言葉が出て来たのは、やはり前世の記憶や、それにまつわる物語が長く膨大すぎたからだろうか。

当然ランドルフには通じたようで、彼は自嘲めいた微笑を浮かべた。

「残念ながら。……君も、俺を殺したい？」

そんなことを問われて、ロレッタは驚いてパチパチと目を瞬《しばた》く。

確かに、情報が過多で頭がパンクしそうだと思う。ランドルフ、ロイ、そして――千年以上も前から、彼が犯し続けてきた罪。アナマリが言っていた、自分の分の断罪は終わっているという発言の意味を具体的に理解して、それもすごい話だなと感心してしまう。

自分ならどうしただろう。最愛の家族と引き離されて異世界へ飛ばされた挙句、人違いだと言われたら、きっと激怒して犯人を許さないだろう。――殺すかどうかは置いておいて。

『君も断罪しなければいけない立場だよ』とアナマリが言っていた。

（でも、多分それは違う。わたしは、彼と共に裁かれる立場だもの）

ロレッタはユリエと同じ魂を持つが、ユリエ自身ではない。ユリエの愛した家族や友人を知ってはいるけれど、それはロレッタの愛する者ではないし、ロレッタにはロレッタの最愛の両親がいるのだから。愛する者に囲まれて幸福な自分は、全てを知った上でランドルフと共に在る人生を選ぶ。それは彼の共犯者に他ならないだろう。

彼の狂愛に巻き込まれた人たちを気の毒だと思うし申し訳ないと思う。許しがたい罪だと分かっていても、何度生まれ変わっても自分を求め続けた彼の愛を嬉しいと思う自分がいるのだ。

（どうしようもないわ）

罪深いと分かっていても、互いの手を離すことができない。

だからやっぱり、自分もランドルフと同罪なのだ。

「いいえ。あなたを殺したくもないし、わたしが死ぬつもりもないわ」

これまで彼に誘拐された女性たちは、彼を殺した後、自ら死を望んだ人もいるのだと、アナマリが言っていた。異世界の人がこちらで死ねば、魂はあちらへ還《かえ》れるという推測からの行動だろう。そう思いながら首を横に振ったものの、不意に思いついて付け加える。

「あなたが王女様と恋人同士だと思った時には、死にたくなるほど悲しかったけれど」

冗談めかして言うつもりが、思いの外恨みの籠った口調になってしまって、ロレッタは自分でもびっくりする。ランドルフが浮気もどきをしでかしたことを、自分はどうやら思っていた以上に根に持っているらしい。

ランドルフは驚いた顔でロレッタをまじまじと見た後、手で口元を覆う。

「……だめだ、顔がにやける」

「ええ？」

なぜこの場面で笑うのか分からず眉を寄せると、ランドルフが困ったように笑った。

「君が嫉妬してくれていると思うと、つい、嬉しくて」

「まあ！」

どうしようもない理由に呆れると、ランドルフはごまかすようにロレッタの首元に顔を埋める。そのまま首筋に吸い付かれて、ゾクリとした慄きが背中を駆け抜けた。

「んんっ……！」

甘い声が鼻から漏れて、身を捩りたくなる衝動をランドルフのシャツを掴んでやり過ごす。ランドルフはそれを喜ぶように喉の奥で笑うと、更に別の場所に吸い付いてきた。浮き出た鎖骨を食み、柔らかな乳房へと唇が移動し、愛撫に手が加わった。大きな掌が乳房の肉を掬《すく》うように掴みあげ、結果上を向いた薄赤い乳首をランドルフの口が捕らえる。

「ひぁっ……」

熱く濡れた口内は、敏感な胸の先には刺激が強かった。思わず漏れ出た嬌声に、ロレッタ自身が驚いてしまう。ランドルフの舌が動いて、彼女の小さな肉を嬲る。尖らせた舌先で上下左右に甚振られると、ずくんと疼くような熱が下腹部に込み上げた。

「あっ、は、やぁっ……ぁあっん、だめ、ぇっ……」

甘えたような声の制止ではランドルフは止まらない。それどころか動きは加速する一方で、甘い刺激に芯を持って立ち上がった乳首に吸い付いたり、歯を当てたりとじゃれつくようにしてロレッタの反応を楽しんでいる。

「ぁ、ああっ、……っぁ、も、ラン、ドルフっ……」

片方の胸の先ばかりを執拗に攻められ、じんじんとした疼きがそこから全身へ広がっていく。触られているのは胸なのに、他の場所の皮膚まで期待するように感覚を鋭敏にしていくようだ。身動《みじろ》ぎでランドルフの髪が触れることにすら、快感を得てしまう。

口内でさんざん弄り倒して気が済んだのか、ちゅぱ、と音を立ててランドルフは乳首を解放した。ロレッタはハァハァと息を喘《あえ》がせながら、今までさんざん嬲られていた場所を見て、カッと羞恥に頬を染める。

そこは今まで見たこともないほど真っ赤に色づき、ピンと立ち上がり、ランドルフの唾液で光っていた。その淫靡な様子に、頭がくらくらする。心臓の音がうるさい。

「ああ、その表情、堪らないな、ロレッタ……」

蕩けるような低温の囁きに、鼓膜が痺れるような心地がする。ノロノロと視線を向けると、ランドルフがうっとりとロレッタを見つめていた。その表情は恍惚《こうこつ》としているのに、金の目だけがギラギラと底光りしながら異様な迫力を湛《たた》えていて、ロレッタはぞくぞくとした震えが下腹部から脳天へと駆け上がるのを感じる。初めて感じるそれは、怯えではなかった。

(これは、多分、悦びだわ)

愛する雄に、雌として渇望されている本能的な悦びだ。

あの金の瞳に揺れているのは、自分を貪りたいという獰猛な欲望だ。そして今ロレッタは、彼に食べられてしまいたいと心から欲している。自分が今どんな表情をしているのか、視えないけれど、なんとなく分かる。ランドルフと同様に、欲に塗れた恍惚とした顔なのだろう。

ランドルフは蕩けるような微笑みを浮かべると、まだ弄られていない乳首を口に含む。先ほどと同じようにそちらも甚振りながら、もう片方を指でくりくりとこね回した。

「ぁっ、ああっ、ん、りょ、両方は、ぁあっ」

一度にどちらも苛《さいな》まれ、強い刺激にロレッタは身悶えする。身体の中を巡る血潮が熱くなり、白い肌がうっすらと汗ばんでいく。じくじくと下腹部を疼かせる熱い快感が、甘い毒のように全身に広がり、ロレッタを酩酊《めいてい》させる。

ランドルフはロレッタの胸にむしゃぶりつきながら、器用に手を動かして彼女のドレスを剥ぎ取っていく。コルセットを使わないドレスの下は、簡易な下着だけなので、防御の役割はまったく果たさない。終《しま》いにはビリ、とドレスを破く音をさせながら、彼はあっさりとロレッタを生まれたままの姿にしてしまう。

ロレッタは思わずギュッと目を閉じる。

焼けつくような視線が自分の上に降り注いでいるのが、視なくても分かった。

この間の触れ合いではドレスは着たままだったから、全裸を見られるのはこれが初めてだ。

先ほどまでとは別の意味で心臓がドキドキする。何か言ってくれとじっと待っていたけれど、ランドルフは無言のまま動く気配すら見せないので、おそるおそる目を開く。

彼はまだ恍惚とした表情のままロレッタの裸体を眺めていた。

「ラ、ランドルフ……？」

ロレッタの声に、ランドルフは譫言《うわごと》のように呟く。

「きれいだ……」

まるで飾り気のない、子どものような賛辞が、かえって彼の本音を表していて、ロレッタは赤面した。嬉しかった。愛する人にきれいだと言われることが、これほど満足感と幸福感を得られるものだとは知らなかった。それと同時に、もし今彼がガッカリするような発言をしたら、きっとずっと引きずるような心の傷となっただろうとも思う。

それくらい、今自分達は、文字通り剥き身《むみ》の無防備な状態で、互いに挑んでいるのだ。

(……なんて原始的で、純粋な儀式だろう)

男女の営みが、こんなに互いの魂そのものに触れ合う行為だとは思わなかった。

どれほど想っても、想われても、二人は一つにはなれない。相手の想いなど本当のところは理解し切れるものではない。自分の想いだって完全に理解できているわけではないのだから。

それでも相手を信頼し、身を委ねる行為だ。ロレッタは腕を伸ばしてランドルフのシャツを掴む。既にいくつか外れている貝釦を、細い指で外していく。

「あなたも脱いで」

ロレッタの意図を理解したランドルフが、目を細めて頷き、手早く着ていた物を脱ぎ捨てた。長い手足を動かすたびに露わになっていく彼の肌に、ロレッタは目が釘付けになる。

ランドルフの裸体は美しかった。騎士として日頃から身体を鍛えているのが見て取れる、均整の取れた逞しい体幹。着痩せするタイプなのか、想像していたよりもずっと厚く逞しい胸板から、贅肉《ぜいにく》など全くない絞られた腰。腹には目でもハッキリと分かるほど筋肉が隆起している。

まるで古代神の彫刻のようだ。そして目の端にチラリと映ったが、直視できないでいる脚の間には、驚くほど存在感のある男性器が隆々と天を衝《つ》いて立ち上がっていた。

無論、ロレッタは初めて目にするもので、まじまじと見るには乙女心が恥じらいを訴えてきたし、それ以上に空恐ろしさのようなものも感じた。

深く考えれば逃げ出したくなる気がして、思わず両手で自分の顔を覆う。

だがランドルフの手が伸びてきて、それを引き剥《ひは》がされてしまった。

「隠さないで、君の顔を見ていたいんだ」

麗しい美貌でそう懇願されると、ロレッタにはなす術《すべ》もない。眉を下げてジトリと睨むのに、ランドルフは愛しくて堪らないと言ったように笑い、彼女の唇を啄《ついば》んだ。それから額を合わせて目を合わせ、真剣な顔をする。

「女性は初めての時には痛みを伴う。だから、できるだけ痛い思いをさせないように、準備をしたい。びっくりさせてしまうかもしれないが、俺に任せてほしいんだ」

そう言われ、ロレッタは眉を大きく上げてしまった。

「この間はあんなに乱暴だったのに？」

つい恨みがましく言ってやると、ランドルフは言葉に窮した。

「そ、それは……この間は、すまなかった。免罪符になるとは思っていないが、君が別の男に取られてしまうかと思ったら、どうしようもなく焦ってしまったんだ……」

どうやら反省はしているらしい。誤解でしかないが、セドリックに嫉妬していたと言われると、自分も王女の件で感じたあの苦しみを彼に味わわせてしまったことには、申し訳ない気持ちが芽生える。ロレッタは自分がされて嫌だったことを、他人にはするべきではないと両親から教わって育ったし、そう思っている人間だ。――ほんのちょっとだけ、いい気味だと思ったことは内緒である。ロレッタは目を細めて唇を尖らせた。

「怖かったんですからね」

「ごめん」

しょんぼりと肩を下げるランドルフに、ロレッタはクスッと笑ってその秀麗な顔を引き寄せてキスをする。ランドルフは目を丸くして、それからふんわりと微笑んだ。その笑顔が子どもの頃のままで、なんだか胸がじんと熱くなる。互いにじゃれつくようなキスをしあっている時に、不意にあることを思い出した。

「そういえば、わたし、まだ初めてなのね?」

前回の無理やりな情事の最中に気を失ってしまったロレッタは、ランドルフが最後まで致したかどうか分からなかったのだ。ロレッタの意識がない間にランドルフが事に及んでいれば、既に処女ではないのだろうが、それでもなんとなくまだ未完了な気がしていた。彼の先ほどの発言通り、初めての時は痛みが伴うらしいし、出血もあると聞いていた。そこまでの痛みを与えられれば、ロレッタも目が覚めるはずだと思ったからだ。

ロレッタの確認に、ランドルフはようやくそのことに思い至ったようで、「ごめん」とまた小さく謝った。

「最後まではしていない。……眠っている君に、そんなことをできなかった」

立派な成人男子となった美丈夫が、尻尾を丸めた犬のようにしょんぼりとする様子に、ロレッタは笑い出したくなる。

「あなた、やっぱりわたしのランドルフのままだわ」

王都に来て以来、大人になった彼にドキドキさせられつつも、心のどこかに寂しさがあった。それが今、柔らかく拭い去られた気がして、ロレッタは微笑んだ。彼女の微笑にランドルフが目を見開き、それからクシャリと破顔する。

「俺は君のものだよ。これから、ずっと。――生まれ変わっても永遠に」

ロレッタは噴き出してしまった。本当に、なんて重い愛情だろう。千年以上も前から執着されて、多くの人々を巻き込んで迷惑をかけた挙句、何度殺されても諦めない、その執念にも似た愛情は、もはや呪いのようですらある。

（呪いというよりは、奇跡、かしら）

ランドルフはこの異常なまでに強い執着で、奇跡を起こしたのだろう。

現世がいい例だ。ユリエの時に捕まって、本当ならば元の世界に戻るはずの魂が、こちらの世界で生まれ変わってしまったのだから。千年以上もこの世界に漂っているアナマリですら、初めて見る現象だと言っていた。まさに、奇跡だろう。

今こうして捕まった以上、ランドルフは生まれ変わってもロレッタを離しはしないだろう。来世でもきっと彼は自分の傍にいるはずだ。

「わたしも、あなたのものよ。愛しているわ、ランドルフ」

そうでなくては、彼はまたおかしなことをしでかすだろう。愛する彼に、そんなことをさせないために。そしてなにより、今も、未来も、生まれ変わっても、彼と共にいたいから。

ロレッタが言うや否や、ランドルフは唇を重ねてきた。

「ロレッタ……ロレッタ！」

切羽詰まったように名を呼びながら、性急に口の中を弄《まさぐ》られる。彼の舌とどちらのものとも知れない唾液に溺れそうになりながら、ロレッタは賢明に彼に応えた。

やがて唇を離したランドルフは、ロレッタの両脚を掴んで割り広げると、その間に口を付けて貪るように舐め始める。

「きゃあっ……！　も、ちょ……ぁあっ」

前回も同じように口淫をされた経験があるので、多少の心の準備はできていたものの、そんな場所を舐められるのはやはり慣れるものではない。

「ひ、ぁっ」

前回の経験でロレッタの感じる場所を把握できているのか、ランドルフの動きは正確に彼女の弱い場所を狙っていた。両手の親指で陰唇を広げると、その動きで包皮から顔を覗かせた肉芽を真っ先に舌先で転がし始める。

「ぁっ、あっ、ひ、ぁあ、やぁっ、あっ」

くにゅくにゅと弄られる内に、敏感な芽は芯を持って腫れ上がる。ランドルフは早く早く、と急くようにそれを嬲《なぶ》り続け、最後とばかりにちゅう、と吸い上げられた。強烈なその刺激に、ロレッタの中で白い快感が風船のように一気に膨らんで、パンとはじけ飛んだ。

「ひ、ぁああっ！」

強引に高みに引き上げられたロレッタは、ガクガクと四肢を震わせ、身を弛緩させる。愉悦の火花が全身に散らばるような名残を味わっていると、ランドルフの指が膣口ににゅるりと差し込まれる。

「う、ぁん……！」

剣ダコのある太い指は、処女には一本でも十分な圧迫感を与える。普段ならば到底受け入れられなかっただろうが、達した後の弛緩した身体は、たっぷりと膣内に愛液を貯《た》め込《こ》んでいたせいもあり、容易《たやす》くそれを飲み込んでしまった。

「ん、ぁあっ……は、い、やぁっ……」

未だ残る愉悦の名残に酩酊する頭と身体では、抵抗など口だけでしかない。微かに口から出る拒絶をあっさり無視して、ランドルフの指はロレッタの泥濘を探求し始める。濡れた蜜襞の中を掻《か》き分けるように動き、腹の内側をタコのある硬い指でこすり上げた。

「ぁんっ！」

尿意にも似た快感に、ロレッタは甲高い啼き声を上げてビクリと背を逸らす。それに気を良くしたのか、ランドルフはそこばかりを弄ってくる。指はいつの間にか一本から二本に増えていて、溢れ出る蜜液を攪拌《かくはん》するものだから、普段ならば聞くに堪えないような、淫らな水音が部屋にこだました。

恥ずかしいのに気持ちよくて、身体の奥がじんじんと熟れたように痺れる。

「ああ、俺の指に絡みついてくる。熱いな、ロレッタの中は……」

どこか浮かされたようにランドルフが呟いた。その吐息が先ほど弄り倒された肉芽に吹きかけられて、ロレッタはまた背を弓なりにしてビクビクと身体を震わせる。

「ああぁっ……！」

またも高みに押し上げられて、ロレッタは頭がおかしくなりそうだった。
ハ、ハ、と小刻みに息を吐き出し、小動物のように早鐘を打つ心臓の音を聞く。
「ロレッタ……」

ランドルフの声がした。切なそうな、熱っぽい吐息のような呼びかけだった。

快楽に潤む目でぼんやりと見上げると、ロレッタの両膝を抱えたランドルフがこちらを見下ろしていた。

艶やかな黒髪が乱れて顔にかかり、ただでさえ美しい顔に滴るような色気が加わっている。金色の瞳の瞳孔が拡散し、獲物を狙う肉食獣のような眼差しで射貫かれ、ロレッタの喉が鳴った。自分がこれからどうされるのかは理論的に知っているが、どうなってしまうのかは分からない。

（もしかしたら、目の前のこの男《ひと》に、骨の一欠けらも残さず貪り食われてしまうのではないかしら……）

そんな本能的な予感すら感じた。だが恐怖を凌駕《りょうが》するほどの、期待もあった。

ランドルフと溶け合うこと。恐らく一番傍に彼を感じられる方法が、この行為なのだろう。

愛する男とひとつになりたいという欲求は、たとえその先に死が待っていたとしても、抗えないほどの根源的な渇望なのだ。

ヒタリ、と熱く硬い感触が蜜口に宛がわれる。ロレッタは抗わなかった。

「ランドルフ、来て。誰よりも近くに。誰よりも深く……」

両手を伸ばして彼を求めれば、ランドルフが切なげに顔を歪ませて、覆い被さってくる。それと同時に、ぐぐ、と熱い楔《くさび》が濡れた膣口を押し広げ始めた。

「ロレッタ……ロレッタ……」

ランドルフが腰を小刻みに揺らしながら、ロレッタの顔中にキスを落とす。

熱杭は蜜口の上を滑るばかりで、なかなか挿入《はい》る気配を見せない。これはどう考えても大きさが合わないのではないかとロレッタが訝しむほど、噛《か》み合わない動きに思えた。

腰を揺らすランドルフの肌に汗が浮き始め、首にかけたロレッタの手が滑る。彼の動きに合わせてベッドのスプリングが軋み、その振動でつるりと手が滑って、逞《たくま》しい首から外れてしまった。するとランドルフの手が彼女の手に合わさり、握り込むようにして顔の真横に押しつけられる。

その大きな手の感触を愛しいと思った瞬間、ランドルフが鋭い一突きを繰り出し、ぐぷりと自分の中に入り込むのが分かった。

「あっ……！」

明らかな違和感に目を剥いて声を上げると、彼が心配そうに顔を覗き込んできた。

「痛い？」

違和感はあったが、痛みはなかったので首を振ると、ランドルフはホッとした顔をした。その秀でた額には汗が浮き、眉根がきつく寄せられている。

「あなたの方が苦しそうだわ……」

するとランドルフは目をパチパチとさせて、困ったようにはにかむ。

「……俺は大丈夫だ。君の中が気持ち好すぎて、堪えているだけだから」

気持ち好すぎて堪える、の意味が分からなかったが、自分の中が好《い》いと直接的な表現をされて、カッと顔に血が上る。

「あの……これで、全部？」

ロレッタは初体験だ。閨事のあらましは知識としてあるが、具体的な内容までは知らない。どうすれば終わりなのかが分からずそう訊ねると、ランドルフは困った顔になった。

「すまない。まだ始まったばかりだ」

ここまでくるのに、もうだいぶ長い時間が経った気がしていたので驚くと、ランドルフが何かを堪えるように細く息を吐き出す。

「……今、先の部分が君の中に入った。この後……多分痛い思いをさせてしまうことになると思う」

「あ、そ、そうなのね……」

確かにまだ痛みは感じていない。まだまだ序盤だったのだと、自分の知識の足りなさに恥ずかしさを覚え、ロレッタは頷いた。

「じゃあ、続けて、ランドルフ。わたしは大丈夫だから」

彼が自分に痛みを与えることを躊躇しているのが分かり、ロレッタは微笑んで促した。

ランドルフは眩しそうに彼女を見て、「ありがとう」と小さく呟く。

「息を吸って」

ランドルフに言われ、ロレッタは大きく息を吸い込んだ。

「ゆっくり吐き出して」

優しく下される指示に従って肺から空気を吐き出した瞬間、ランドルフが動いた。

「ッ――!?」

ズドン、という衝撃と共に腰を叩きつけられ、目から青白い火花が散る。痛みというよりも、熱だ。声も上げられないほどの灼熱《しゃくねつ》の疼痛《とうつう》で、股座《またぐら》から脳天に向けて閃光《せんこう》のように串刺しにされた。気がつけば、身体が弓なりになった状態で強張っていた。四肢は緊張でブルブルと震え、全身に冷汗が噴き出ている。

「ロレッタ、息をして」

ランドルフの声がなければ、きっと息を止めたままだっただろう。ふぅ、と息を吸い込むと、ド、ド、ド、ドという鼓動が鼓膜の内側をわんわんと揺らした。強張っていた身体がゆっくりと緩んでいき、生理的な涙がドッと溢れてきてこめかみを伝う。

「すまない、痛かったな」

ランドルフがロレッタの髪を忙《せわ》しなく撫で、しきりに謝る。

破瓜の一撃は確かに衝撃的なほどに痛かったが、その鮮烈さはほんの短いひと時のみだったらしい。痛みに痺れていた四肢は感覚を取り戻し、激痛だと思った感覚は既に引いていた。残っているのは余韻のような身体の震えと、股の間に何かが刺さっている圧迫感だけだ。

「もう、痛くはないわ」

「無理をするな」

ロレッタの言葉をすぐさま棄却して、ランドルフが目の周りに残る涙を舐め取った。慰め方まで獣のようだ、と少し笑って、ロレッタは顔を動かして彼の唇を求める。

ランドルフはすぐに理解してキスをしてくれた。

舌と舌を絡ませ合うこの行為にも、すっかり慣れてしまった。彼の肉の感触と味をじっくりと堪能しながら、ロレッタは片手を彼の背中に回して引き寄せる。裸の身体が密着し、吸い付くように重なり合った。ランドルフの体温はロレッタよりも高いらしく、汗で冷えた肌にぬくもりが心地よかった。人肌がこんなにも気持ちが好いものだなんて知らなかった。

うっとりとその感触を味わっていると、自分の内側で、ランドルフがピクピクと動くのを感じて、目を瞬く。

問いかけるように見ると、彼は気まずそうに苦笑した。

「すまない。君の中が気持ち好すぎて……」

そう言い訳のように呟かれ、ロレッタはこれでもまだ終わった状態ではないと気づく。

「あなたの好きにして」

自分はどうすればいいのか分からないので、そうお願いすると、ランドルフがカッと目を見開いた。太い首の喉仏が上下して、ゴクリと生唾を呑む音が聞こえる。

「……だが、君が辛いだろう？」

「もう痛みは去ったから大丈夫よ。それに、あなたの方も辛いのではなくて？」

行為が始まってからずっと、ランドルフは何かを堪えるような表情だ。きっとロレッタが初めてだから、いろいろ不手際をしているに違いない。

そう思って言った言葉に、ランドルフは眉を下げて泣きそうに笑った。

「君は……優しすぎる。そんなだから、俺になんかに付け入られるんだよ」

「そんな……」

ことはない、と続けようとしたけれど、できなかった。

次の瞬間、目の前が地震のように揺れたからだ。ズン、と自分の中を圧迫していた塊が、更に奥へと穿《うが》たれたのだ。内臓を抉《えぐ》られるような感覚に、ビリビリと五感が張り詰める。ぶつかってくる衝撃を和らげるために逃げを打ったのか、再び弓なりになった細い腰を、男の大きな手がガシリと掴む。その感触にすら、ロレッタは甘い悲鳴を上げた。

「ひぃ……」

「ロレッタ！」

ランドルフが歯軋《はぎし》りをして腰を引く。膣襞をこそぐようにズルリと熱塊が引きずり出されると、パチパチと眼裏に光が飛んだ。押し開かれたばかりの隘路が健気に襞を震わせていると、再びバチンと最奥まで押し込まれる。

「んはぁっ！」

甘い疼痛が脳を直撃し、ロレッタは甲高い嬌声を上げる。

それを皮切りに、ランドルフが拍手のような速いリズムで腰を振り始めた。

「ロレッタ……ロレッタ、ロレッタ！」

「きゃ、あ、ぁあ、あ、んぁっ、ぁあ、あああ！」

じゅぷ、じゅぽ、という淫猥《いんわい》な音を立てながら、太く硬い漲《みなぎ》りが自分の中を行き来する感触に、身体の芯がむず痒《がゆ》くなる。ピンピンと五感の糸を弾かれて、頭の中が白く濁っていくのが分かった。腹の奥が熱い。熟れて腫れて、今にも弾け飛んでしまいそうだ。

「はっ、ああ、中がうねって……搾り取られそうだっ……」

悩ましい吐息と共に、ランドルフが唸るように言った。

その言葉通り、彼の形がハッキリと感じ取れるほど、蜜筒が彼を食い占めているのが自分でも分かる。ランドルフが気持ちよさそうに喘ぐ吐息に、胸がきゅんとなった。それでまた膣壁が収斂《しゅうれん》して、漲りに吸い付いてしまい、ランドルフが獣のような唸り声を上げた。

「っ、グ、もう、出すぞ、ロレッタッ……！」

「ん、ぁ、あ、あぁあッ！」

ズン、ズン、と硬い切っ先で子宮の入り口を押し潰すように突き上げられ、鈍痛と背中合わせの快感に、ロレッタは激しい悲鳴を上げて絶頂に達する。その後を追うように、ランドルフが内側でビクン、ビクンと大きく痙攣《けいれん》し、一番奥に精を吐き出すのを感じながら、ロレッタは目を閉じたのだった。

終章

初夏の陽射《ひざ》しが、鮮やかな新緑の葉の間から柔らかに射《さ》し込む中、邸の中庭にあるガゼボに腰かけた女性が、本を読んでいる。その膝には黒い頭が乗っていて、長い体躯をベンチに横たわらせて眠っていた。膝枕が気持ちいいのか、その柔らかさを堪能するようにモゾリと頭が動く。そこに呆れた声がかかった。

「まあ、仲良しですこと」

「あら、お母様」

その声に弾かれるようにして、膝枕をされていた男性が跳ね起きる。

「義母君！　来ていらしたのですか！」

唐突な義母の登場に仰天したらしいランドルフが、居住まいを正して言った。

するとと現れたフィール伯爵夫人はフフンと鼻を鳴らし、ニッコリと微笑んで言った。

「ええ、もちろん。わたしは嫁に出した可愛い愛娘《まなむすめ》が幸せに暮らしているか、心配していますから！　いつでも会いに来て構わないと仰ってくださったでしょう、婿殿！」

「それはもちろんですとも！」

　嫌味たっぷりの義母の台詞にも、ランドルフは全く堪えた様子を見せずに爽やかに微笑んだ。母のやりすぎに苦笑しつつも、ロレッタはその様子を黙って見守る。

　ロレッタの両親は、結婚前に婿が自分たちの娘以外の女性――しかも王女殿下と噂になったことを未だに許していない。それなら何故あの夜会の夜にランドルフに娘を預けたのかと問われると、母はため息をついて言った。

『だってあの子、ロレッタと自分は前世からの恋人なんだと、びっくりするようなことを言うんだもの。うちの娘の寝言をどうして知ってるのかって思ったの』

　なんとロレッタは、幼い頃から寝言で前世のことを言う癖があったらしい。故郷の母が恋しいと泣いたり、恋人が死んでしまったのだと嗚咽を漏らしたりと、訳の分からない内容で震え泣く娘を、両親は戸惑いながらも必死で宥め寝かしつけてくれたのだそうだ。

　全く記憶にないことだったので、ロレッタは吃驚《びっくり》してしまった。まさか自分の両親が、娘に前世の記憶があることを知っていたなんて。

『小さな子が喋るような内容ではなかった上、全ての話に一貫性があったから、この子は業の深い前世を背負って生まれて来てしまったのねってお父様と話していたの。ずいぶんと苦難の道を歩んだ前世だったようだから、私たちの娘としては必ず幸せにしてあげようって、二人で誓ったのよ。そうしたら、それと全く同じ内容をランドルフが言うじゃないの。もう、これは信じてみるしかないって思ったのよ』

フン、と顎を上げて説明した母は、実はとてもロマンティストだ。娘の前世からの恋を成就させてやりたいと思ったのかもしれない。ちなみにあの夜会でランドルフを許したのは、完全に母の独断で、その後事情を知った父は烈火のごとく怒り狂い、母と大喧嘩《おおげんか》になったらしい。まあ結局、父を宥めてくれたのも母だったわけなのだが。

余談だが、フェリシティ王女は隣国から留学していたゲオルグ王子と結婚した。王族同士の国際結婚であったにもかかわらず、異例の速さで纏まった結婚話だったのだが、その数か月後に王女の懐妊が分かり、なるほど授かり婚ゆえであったのだな、と世間を納得させていた。ちなみに彼らの結婚は、ランドルフとロレッタの結婚よりも早かった。

そんな経緯もあり、結婚して三年経った今でも、ランドルフは義父母に頭が上がらないのだ。ロレッタもまた両親の気持ちが分かるだけに、それを無理に諫《いさ》めるつもりはない。

無論、両親が子どもの頃からランドルフに目をかけていて、厳しい対応とはいうものの、愛情を込めたものであることを理解しているからもあるのだが。

ちょうどそこへ家令がやって来て用事を告げたので、ランドルフは母に謝って席を外した。

二人きりになると、母はロレッタの据わっているガゼボのベンチに腰かけた。

「……で？　お医者様はなんて？」

せっかちな母らしく早々に切り出され、ロレッタは微笑んでコクリと首肯する。

「多分、間違いないでしょうって。出産は今年の冬だそうよ」

「まぁ！　本当⁉」

ロレッタの回答に、母が顔を輝かせる。このところ月の障りがなく母に相談したところ、妊娠しているのではないかと指摘されたのだ。言われなくとも思い当たる節は十分にあったので、早速医者に診てもらったところ、妊娠は確定だと言われた。今日はその報告をしようと、母に来てもらったのだ。

「ランドルフには？　もう伝えたの？」

「もちろん。大喜びだったわ！」

「それはそうよねぇ！　あなた、身体に気をつけないと！　悪阻《つわり》はまだ？」

母は妊娠の際に気をつけなければならないことをあれこれと指図した後、父にもこの慶事を伝えなくてはと、早々に帰って行った。慌ただしく去っていくその後ろ姿に手を振っていると、背後に気配を感じて、ロレッタは振り返る。

そこに立っていたのは、黒髪に黒い瞳をした、小柄な少女だった。今日は町娘のようなドレスを着ていた。夏の陽射しの中では、衣服に包まれていない彼女の顔は、うっすらと向こう側が透けて見える。

「来てくれると思ったわ、アナマリ」

「久しぶりだね、ロレッタ」

相変わらず愛想のない聖女は、ロレッタのお腹を見て小さく頷いた。

「この子は大丈夫だね。完全に、この世界に繋がっている」

ふむふむ、と納得するように言うアナマリを、ロレッタは微笑みながら見つめる。ロレッタは異世界との繋がりを持ったままこの世界に転生したため、その子どもにもなんらかの影響があるのではないかと、以前から心配してくれていたのだ。アナマリが言うには、半分日本に繋がったままのロレッタは、理論的には今でも向こうに行くことができるらしい。

「心配してくれてありがとう」

彼女の気持ちが嬉しくて、にこにことしながら礼を言うと、アナマリは少し眉を顰める。不機嫌そうに見えるが、実は照れ隠しだとロレッタは知っている。彼女はツンデレなのだ。

「ところで、また一人見つかったよ」

照れた時に話題を変えるのはアナマリの癖である。とはいえ、気になる話にロレッタは両手を叩く。

「本当に⁉　じゃあ、残りあと三人ね！」

アナマリは、前世のランドルフが間違って連れて来てしまった異世界からの女性たちを探してくれていた。来るべき帰還の日に、共に帰るためだ。

紫書によれば、世界と世界は、あと十年後の夏に重なる予定だ。そしてそれまでに、アナマリのように自死を選ばず、この世界に漂い続けている存在を見つけ出し、共に帰ろうとしているのである。

ちなみに、アナマリ以外の人たちを見つけてほしいと頼んだのは、ランドルフだ。

アナマリは『紫書』を手に入れる代わりに、ランドルフの望みを一つ叶えると約束していたそうだ。願いの内容を聞いて、アナマリはそれはそれは苦々しい顔をした。多分、ランドルフの贖罪《しょくざい》の手助けをするのが、気が進まなかったのだろう。だが約束は守る主義のようで、こうして同士を探し出してくれているのだ。

「十年後か……長いようで、きっとあっという間ね」

「そうだね。あっという間だと思うよ」

千年以上この世界に漂う聖女の言葉には、とても重みがある。それを分かっていても、ロレッタは言わずにはおれなかった。

「あなたがいなくなると、わたしはきっとすごく寂しいわ」

ロレッタにとって、アナマリは乳姉妹のゾーイでもある。寂しい時や、困った時、嬉しい時も、いろんなことを相談した頼もしい親友だったのだ。その存在がいなくなることは、どう考えても寂しいし、悲しい。するとアナマリは、フッと相好を崩した。

「……わたしも、君に会えなくなるのはちょっと寂しいかもしれないね」

思ってもみなかった言葉が返ってきて、ロレッタはポカンとアナマリを見つめる。

じっと見つめられて居心地が悪かったのか、アナマリはチ、と小さく舌打ちをした。

「ね、ねえ、もう一回言ってちょうだい、アナマリ！」

ツンデレ聖女から出た珍しい台詞をもっと聞きたくてお強請《ねだ》りすると、アナマリは鬱陶しそうに手をシッシと振る。

「わたしはもう行くよ。君の夫の顔は見たくないからね」

そう言うや否や、霧のようにその姿が消えてしまった。

相変わらず照れ屋で素っ気ない聖女に、ロレッタは笑いが込み上げる。一人でクスクスと笑っていると、ランドルフがやって来て不思議そうに首を傾げた。

「どうしたの、ロレッタ」

ランドルフの怜悧《れいり》な美貌は相変わらずだ。けれど数年間で、彼の表情には柔らかさが滲むようになった。それが共に生きられる幸福ゆえのものだと、ロレッタは知っている。

「ふふ、奇跡みたいに幸せだなって思っていたの」

彼の広い背中に抱き着いてそう言えば、ランドルフもまた微笑みを浮かべた。

「そうだな」

自分達の幸福が、奇跡という罪の重なりの上にあること。それを自らに刻みつけながら、二人はその幸福を愛おしむのだ。

あとがき

蜜猫文庫様では、初めまして、のご挨拶となります。春日部こみとと申します。

今回のお話は、以前より挑戦してみたかった異世界転生物になります。

ランドルフとロレッタは、前世では愛し合いながらも結ばれる前に非業の死を遂げた恋人同士。今度の生では必ず結ばれて、幸せになるぞ！　とロレッタは意気込んでいるのですが、ランドルフの方は――？　という内容です。

美麗なイラストを描いてくださったのは、森原八鹿先生です。

私が遅筆なあまり、大変ご迷惑をおかけしたにもかかわらず、本当に美しく、完璧なランドルフと、愛らしいロレッタを描いてくださって、本当にありがとうございました。

そして同時に奔走させてしまいました、担当編集者様。今回この本を刊行できたのは、担当編集者様のあたたかい励ましのおかげです。ありがとうございます。

そして最後に、この本を手に取ってくださった読者の皆様に、心からの愛と感謝を込めて。

春日部こみと

Mitsuneko Label

蜜猫文庫をお買い上げいただきありがとうございます。
この作品を読んでのご意見・ご感想をお聞かせください。
あて先は下記の通りです。

〒102-0072　東京都千代田区飯田橋 2-7-3
(株)竹書房　蜜猫文庫編集部
春日部こみと先生 / 森原八鹿先生

転生伯爵令嬢は麗しの騎士に執愛される
今度こそは幸せになります

2020 年 6 月 30 日　初版第 1 刷発行

著　者　春日部こみと　

発行者　後藤明信

発行所　株式会社竹書房
〒102-0072 東京都千代田区飯田橋 2-7-3
電話　03(3264)1576(代表)
03(3234)6245(編集部)

デザイン　antenna

印刷所　中央精版印刷株式会社

Printed in JAPAN
ISBN978-4-8019-2312-6　C0193
この作品はフィクションです。実在の人物・団体・事件などには関係ありません。

騎士団長とえっちしたら、
甘い新婚生活が
始まりました！
華藤りえ
Illustration サマミヤアカザ
悦すぎて、
頭がおかしくなりそうだ
王立騎士団の主計官補佐を務めるサラは、軍人だった父の部下であったリュカスをずっと慕っていた。だが彼は今や叙爵の予定もある騎士団長。父の死で男爵令嬢から平民に落ちぶれたサラと釣り合うはずもない。だが、ある夜、媚薬を盛られたリュカスと遭遇したサラは、苦しむ彼に身体を許してしまう。「逃げるな。俺を煽ったのは君だ」一夜限りのことと忘れようとするサラだがリュカスは電光石火で王に結婚の許諾を得てきて!?